U0667170

中国政府出版品国际营销平台精选图书·文学书系　　王昕朋 主编

腊头驿

Blowfish Restaurant

老　藤 著

中国言实出版社

图书在版编目(CIP)数据

腊头驿 / 老藤著 . -- 北京 : 中国言实出版社，2021.5
（中国政府出版品国际营销平台精选图书·文学书系 /
王昕朋主编）
ISBN 978-7-5171-3702-3

Ⅰ.①腊… Ⅱ.①老… Ⅲ.①长篇小说—中国—当代
Ⅳ.① I247.5

中国版本图书馆 CIP 数据核字（2021）第 006771 号

腊头驿

出 版 人：王昕朋
责任编辑：张国旗
责任校对：宫媛媛

出版发行：中国言实出版社
      地   址：北京市朝阳区北苑路180号加利大厦5号楼105室
      邮   编：100101
      编辑部：北京市海淀区花园路6号院B座6层
      邮   编：100088
      电   话：64924853（总编室）   64924716（发行部）
      网   址：www.zgyscbs.cn E-mail：zgyscbs@263.net

经   销：新华书店
印   刷：北京温林源印刷有限公司
版   次：2022年3月第1版   2022年3月第1次印刷
规   格：880毫米×1230毫米 1/32 8印张
字   数：135千字

定   价：58.00元
书   号：ISBN 978-7-5171-3702-3

有风骨讲美学接通全球

——"中国政府出版品国际营销平台精选图书·文学书系"总序

王昕朋

　　中国言实出版社是国务院研究室主管主办的国家级出版单位，出版定位是：主要出版党和国家重大政策的研究成果以及相关的辅导读物。1995年成立以来，我们一直坚持这一出版定位，围绕党和国家中心工作开展出版活动，因而，国内外读者很少见到由中国言实出版社出版的文学类图书。但是，近几年文学界对中国言实出版社已不陌生。这源于出版理念的一次变革。习近平总书记在文艺工作座谈会上的重要讲话指出："一部小说，一篇散文，一首诗，一幅画，一张照片，一部电影，一部电视剧，一曲音乐，都能给外国人了解中国提供一个独特的视角，都能以各自的魅力去吸引人、感染人、打动人。"这给了我们启示、启迪，文学也是讲好中国故事、传播中国好声音的重要途径。所以，我们也用心、用功、用力打造文学板块，并将它推向世界。2018年8月，由中国言实出版社出版的李春雷报告文学作品《朋友——习近平与贾大山交往纪事》获第七届鲁迅文学奖，同时入选"丝路书香"出版工程在国外出版，于是文学界发现，中国言实出版社在文学出版领域同样有不俗的表现。中国言实出版社的文学图书品种少而精，中国文学的声音在通过中国言实出版社持续传播到海外，承载着文化和文学信息的《温文尔雅》翻译成英文、日文、俄文、德文、法文、意大利文、西班牙文、葡萄牙文、阿拉伯文等多种语言向全球推介，英文版、中文繁体版荣获第十三届"输出版引进版优秀图书"奖，长篇小说《京西胭脂铺》一举登榜"中国图书世界馆藏影响力图书20强"。付秀莹、金仁顺、乔叶、魏微、滕肖澜、叶弥、戴来、阿袁等8位"当代中国最具实力女作家"的作品集同时推出，之所以在名称中冠以"中国"二字，是出于对外推介的考量，其中付秀莹、魏微、戴来等人的小说集后来入选"经典中国"项目在美国出版，产生良好反响。

近年来，中国言实出版社加快国际出版步伐，与英、美、日等多家国外出版单位建立战略合作关系，近百名当代中青年作家的作品陆续推介到美国纽约、日本东京、德国法兰克福等多个国际书展，被多个国家的图书馆收藏，图书受到国外图书界关注，连续6年入选中国图书世界馆藏影响力百强出版单位。2015年经财政部批准立项，中国言实出版社建设并主办中国政府出版品国际营销平台，为推动"文化走出去"提供支持。2020年，有感于体量庞大的中国当代文学无法快捷地被全球关注所带来的传播学遗憾，有感于年度文学选本出版周期较长，有感于众多具有潜力、实力、影响力的青年作家的作品没有很好的对外传播渠道，中国言实出版社整合资源，决定专门为中国政府出版品国际营销平台的文学板块打造出一种比年度选本出版周期短、对当代文学创作反应更为灵敏的季度文学选本。《中国当代文学选本》应运而生，书名由王蒙题写，选稿编委梁鸿鹰、李少君、王干、付秀莹、古耜皆为业内名家行家，所选作品为国内新近发表的文质兼美的力作。作为一种有公信力的季度文学选本，《中国当代文学选本》因"让国外读者快捷阅读当代中国文学精品"的窗口作用，以及"为中国作家走向世界铺筑交流合作桥梁"的桥梁作用，受到作家、汉学家、国内外读者一致好评。《中国当代文学选本》传播中国声音，讲述中国故事，产生良好社会效益。有鉴于此，中国言实出版社决定打造这套"中国政府出版品国际营销平台精选图书·文学书系"。

出版社并不承担培养作家的使命，但是这套"中国政府出版品国际营销平台精选图书·文学书系"的入选作品多是出自青年作家之手，原因在于，我们始终关注着中国当代文学最具活力与实力的鲜活部分，求取风骨与审美的统一，始终在精心遴选极具当代性的中国文学好声音，始终把推动中国当代文学与全球接通作为出版人的责任，这套"中国政府出版品国际营销平台精选图书·文学书系"的入选作家和作品便是如此。有风骨、讲美学，是选取这套丛书的思考维度。"有风骨"是要对民族精神有所反映，要为人民而文学，要关怀民生，帮助读者把无病呻吟、凌空蹈虚的作品以独特筛选眼光来淘汰掉；而"讲美学"是指中国言实出版社遴选书稿时看重作品的文本质量，内容和形式互为表里，是为美。美为作品飞向全世界插上翅膀，中国言实出版社人始终认为，美是全人类可通融的共同语言，有风骨、讲美学才能接通全球，成为文学精品。这些优秀作品里，都跳动着时代的脉搏，展现着当代中国日新月异的面貌，蕴含着深厚的文化自信。出版是文学生产的终端，对于中国言实出版社而言是文学传播的开始。中国言实出版社将始终秉持"好作品主义"，重视名家不薄新人，盘点、整合中国文学资源，积极开展对外译介和推广工作，自觉地将有风骨、讲美学的文学精品作为永不改变的出版追求。

2020 年 12 月

目 录
CONTENTS

引　子

平心而论，我对好友尹五羊的情感十分纠结，如果我是一只蛹，他则是薄薄的那层茧，在保护我的同时又在束缚着我。几十年了，尽管我化我的蝶，他织他的壳，但我十分清楚，我们之间有一根丝连着，这根丝时张时弛，却从不会扯断。我很清楚自己可以脱离尹五羊，但脱离了尹五羊的我还会是我吗？尹五羊高考落榜后当了厨子，一步步发达起来，成为富甲一方的老板。在社会上，尹五羊呼风唤雨却十分低调，没有新仇宿敌。记得高中毕业时我曾经问过尹五羊，除了厨子他还有什么梦想，尹五羊几乎不假思索地回答：当导演。我吓了一跳，一个掂大勺的厨子竟然做着导演梦，这似乎是风马牛拴到了一驾车上。

一个朋友告诉我，当下的中国，大部分体制内人士和体制外的富人，每天都忙于饭局，电话一响，要么在饭局之中，要么在奔赴饭局的路上。时势成就了那些有本事安排饭局的人，社会上能一呼百应得心应手组织饭局的人无疑备受尊敬，我的好友尹五羊当属其中翘楚。

我从初中开始就有记日记的习惯，记着记着就放不下笔，有些拖泥带水，往往三言两语能说清楚的事，却喜欢旁枝别蔓渲染个不停，笔记本一个接一个地换。尹五羊对此很不感冒，他地包天的大嘴往上一努，十分不屑地说：你那叫日记？充其量是一本豆腐账。我说记日记为备忘，豆腐账未必就不好。尹五羊说：你看名人的日记，那才算日记，篇篇有哲理，谁纠缠那些绿豆芝麻小事？我说我不是名人，也遇不到惊天动地的大事，就只好记些绿豆芝麻小事了。尹五羊尽管嘴上这样说，内心里还是佩服我记日记的毅力，他在快速觑了一眼我的日记后，很羡慕地说：你的字真好，像朱成碧的字。朱成碧是我们班的才女，人和字都没人能比，尹五羊这样说，等于把我夸到极致了。后来，高考、读大学、谈恋爱、参加工作、一级级做官，都豆腐账般记下来，攒了大大小小一摞日记本。一日，整理办公室书柜，翻开这些大大小小的日记本仔细浏览了一番，我吃惊地发现，几十年来，我的生活和工作竟然和一些疏疏密密的饭局紧密相关，而且大多数饭局的设局者都是一个人——尹五羊。

日记一

1979 年 8 月 21 日，天气晴，上午，我和同班同学朱成碧接到海北大学录取通知书，心里像拿到了结婚证一样兴奋。遗憾的是同班同学尹五羊名落孙山。尹五羊历史和地理两科成绩还是不错的，可惜太偏科，离录取线差十八分。我和朱成碧替他惋惜，但尹五羊似乎早有思想准备，没有表现出更多的失落，他很豪迈地邀我和朱成碧到他家中吃饭。五羊祖上曾做过光绪时期扬州知府的家厨，父亲是部队的炊事员，有一手烹调扬州菜的绝活，烧制的红烧河豚味道极佳。席间，五羊说他会一道拿手好菜，是最为上等的珍品菜肴，尹五羊许诺：将来一定请我和朱成碧吃一回。问菜名，他厚厚的嘴唇一撮，拉长了间隔道：西施乳。

西施乳是一道菜，用尹五羊的话说是天下第一鲜。

这道菜尹五羊在七九年8月21日请我和女同学朱成碧吃饭时提及，但这一天没吃成，因为买不到雄性的河豚。

尹家和我家是世交。尹五羊的父亲尹水清在部队做炊事员，是个在军界相当有知名度的厨子，我从记事起就叫他尹叔。尹叔是扬中人，参军前在扬中一家饭馆当厨师，我父亲所在部队当时驻防扬州，抗美援朝战争爆发后，部队接到军令要开赴辽宁，出发前几天，部队到扬州所辖的扬中征兵，中午吃饭时，父亲和几个战友遇到了在饭馆当厨子的尹叔。父亲当时在团里任军务股长，官不大，却有招兵买马的权力，尹叔烧的一道长江刀鱼让父亲和战友赞不绝口，就让跑堂的把厨子叫来，一看，厨子竟是一个年轻的小伙子，父亲就问他愿不愿意当兵。当时征兵宣传极其到位，所有年轻人都激情澎湃想抗美援朝打鬼子，尹叔也不例外，他说自己想当兵，但还没娶媳妇，怕家里不许。父亲的一个山东籍战友开玩笑说：没媳妇不急，等打完仗你们一人领个美国大妮回来。尹叔问美国大妮长得什么模样，父亲那个战友也没见过美国大妮，就胡诌了一句：腚大，会生娃。不知是不是美国大妮的诱惑，尹叔就这样当了兵，与他同时参军的还有饭馆跑堂的两个扬中小伙子。抗美援朝停战后，三人两个牺牲在朝鲜，尹叔因为是炊事员，不在一线作战，得以凯旋，人虽然回来了，可美国大妮的梦想和两位同乡的尸骨一同埋葬在朝鲜的清川江畔。尹叔回来后，在家乡找了朴实的村姑成家，这便是尹五羊的母亲。尹叔在部队当炊事员，妻子在家乡操持农活，日子还算过得去。多年过去了，父亲还常常和尹叔开玩笑，说他当年参战动机不纯，是为了美国大妮而去。尹叔手艺好，每一任首长都喜欢他。从朝鲜回国后，很多战士复员或转业，唯有尹叔还留在部队。尹叔为人和善，喜欢小孩子，经常给我零食吃。我父亲是个爬过雪山的老军人，性格古板，一张长脸像过年大门上贴的门神，清癯吓人。印象中他只有和尹叔在一起时才会哈哈大笑。父亲的勤务人员走马灯似的换，唯有尹叔不离左右。在部队大院里，我们两家相邻而居，像一家人一样过年过节总在一块儿。母亲曾讲过一个故事，有一年八一建军节，国家经济困难，部队供应遇到了问题，餐桌上几个月不闻荤腥。父亲青着脸对尹叔说：没肉吃怎么过八一？尹叔说，给我一天假，我去想办法。父亲给了他一天假，还给了他五斤黄豆让他出去想办法。晚上，尹叔背着一筐鱼回来了，那是一筐鼓肚瞪眼的鱼。父亲问：这是什么鱼？从哪里搞来的？尹叔说借老乡的网从河里打的，是腊头，因为有毒没人敢吃，河里腊头特多。父亲望着尹叔问，别人怕毒，我们当兵的就百毒不侵？尹叔说：有没有毒要看谁烧，烹调腊头是我尹家祖传的手艺，首长就放心吃吧。尹叔果然会烹调这种有毒的鱼，那年八一，父亲和几个战友靠吃河豚度过了一个难忘的八一。尹叔烧制的河豚汤白肉嫩，味道极鲜，父亲的几个战友吃上了瘾，便偷偷让战士去郊外的河里捕捞，回来解馋。那些战士炊事员也知道河豚有毒，便把捞来的河豚一遍遍地洗，头与内脏一概埋掉，哪知河豚毒极其顽固，那些看似洗清了毒血的河豚还是差点吃出人命来。于是父亲的战友都羡慕父亲手下有个金不换的炊事员。上辈连，下辈黏，父辈没有官兵之分，我和尹五羊也自然兄弟情长。

尹五羊是五年级上学期从老家扬中农村转学来到瀂县的，从小学到初中、高中我们一直在同一个班。我和五羊有一种天然的联系，在没见面前，就总听尹叔五羊长五羊短地念叨，每当尹叔想五羊的时候，总爱抚摩着我的头说，五羊估计和你一般高了。我说，让五羊来瀂县读书吧，我好有个伙伴。尹叔摇摇头说，五羊要在扬中家里陪爷爷，五羊走了，他爷爷会想他的。后来，五羊的爷爷病故，尹叔回乡料理完后事，就把五羊带到了部队。而五羊的妈妈带着五羊的两个妹妹一直生活在扬中农村。

五羊刚来的时候，上身穿一件蓝色建设装，下穿军装改成的黄裤子、黄胶鞋，穿戴虽肥大但并不土，只是肤色紫黑，有些地包天的嘴说话很侉。他一见到我就说你是远桥哥吧，我爹总在信里夸你，说你学习好。赞美别人是取得好感的捷径，尹五羊就这么一句表扬的话，我们便没了距离，我说我也知道你，尹叔总说你快有我高了。五羊问：子弟小学是什么样子？该不会有穿喇叭裤的流氓欺负人吧？那个年代，学校里普遍有欺生的风气，五羊的担心不无道理。我安慰他说：子弟小学是我的江湖，有我在没人敢欺负你。我当时虽是小学生，却因为有部队子弟的身份，加之经常给好惹事的男同学弄些紧俏的军帽、皮带什么的，在同学中很有影响力。那时的我并不明白经济实力决定影响力的道理，但我从批林批孔批《水浒》的反面教材中，学会了宋公明的仗义疏财，没一项本事的宋公明为什么被各路英雄奉为大哥？无非是小恩小惠收买人心而已。我从不和人打架，如果有人惹我，只要我一发话，我的死党大桩会找上几个兄弟给对方以颜色。大桩牛犊一样壮实，身上的肌肉横着长，是摔跤的好手，在学校没人敢惹。五羊脑子不笨，但学习基础太差，尤其上了灞县一中，学习跟不上，便整天读课外书，他常常捧一本《随园食单》瞎琢磨。认识五羊前我不知道世上还有这么一本《随园食单》，而且还是文言文。五羊说此书是他家祖上传下来的，爷爷一篇篇教他读，有很多段落他能背下来。五羊还喜欢读《资治通鉴》，喜欢编故事。让我刮目相看尹五羊的是一次作文课，尹五羊的作文成了两个班的范文。我们语文老师姓曹，地主出身，"文革"时遭了不少罪。曹老师让同学们以记忆中最深刻的一件事为题写一篇作文，同学们有写老师的，有写父母的，还有写学雷锋做好事的，我写了什么已经忘记，但尹五羊写的那篇作文却印在了我的记忆里。尹五羊作文题目叫《朱门》，曹老师用他并不标准的普通话念道：家乡老屋虽破，但却有着一个气派庄严的门楼，门楼青砖砌成，瓦当精美，画梁雕栋，尤其那两扇木门，黑红的油漆足有煎饼厚，门上有两个黄铜饕餮辅首，花纹模样吓人，再调皮的孩子也不敢去碰，那时候，即使不插门闩，院子里晒的花生也不会少。不论日子怎么紧巴，年迈的爷爷每年秋天都要买来桐油为大门上漆，过年总要在门板贴上八个字的对联，对联的内容年年不变：上联是"耕读传家"，下联是"雉羹有道"。最近几年，过年时爷爷开始在朱门上贴门神，门神很威武，但镇不住贼，一天夜里，老宅院子里井口边的一只石雕马槽被人偷了去，爷爷为此很伤心，认为这是不祥之兆，因为失了马槽，尹家如何再出骑马之人？作文在结尾部分引用了爷爷的一句话：屋子，要有门面；做人，要讲脸面。五羊的《朱门》深深打动了曹老师，曹老师在班上念完后从裤兜掏出皱巴巴的手帕拭擦眼角，他说自己老家唐山也有这样一个门楼，可惜现在砖瓦荡然无存，自己已经找不到回家的路标了。曹老师的动情让我对尹五羊这篇作文印象极深，记忆当中从此画上了两扇时开时合的朱门，也记住了"饕餮""雉羹"两个词，曹老师专门解释说饕餮是最能吃的动物，连妖魔鬼怪都能吃；至于雉羹，曹老师的解释很简单，就是鸡汤。我想，朱门应该是大户人家，杜甫不是有"朱门酒肉臭，路有冻死骨"的名句吗？而尹家无非一个厨子世家，建一个偌大的朱门楼子是不是太奢侈了？五羊善讲，班里开班会，轮到他出节目时，他总是讲个别人很少听过的历史故事，比如说苏武牧羊、薛礼征东，他讲故事绘声绘色，让人入迷。同样喜爱历史课的女同学朱成碧对我说，尹五羊对中国历史的涉猎程度超过我们历史老师。可惜的是，《随园食单》和《资治通鉴》都不是高考规定的科目，懂得再多也不能加分，尹五羊高考名落孙山，破了尹叔望子成龙的梦想。为此，尹叔长吁短叹了好几天。父亲劝尹叔：考不上大学就当兵嘛，愁眉苦脸干什么？尹叔问五羊想不想当兵，五羊梗着脖子摇头说：考大学、当兵都不是我尹五羊要走的路，我要像关公一样在社会上千里走单骑。尹叔生气了，道：要想有出息就该像你远桥哥一样考大学，不上大学能走什么单骑，你走麦城吧！

我收到海北大学录取通知书那天，尹五羊比我还兴奋，他一把从我手上抢过录取通知书，双目神采流溢，羡慕之情像悄然绽放的昙花。他反复端详这薄薄的一张纸，像是上面有什么密码一样，许久，他不容置疑地说：远桥，晚上到我家吃饭，我为你庆贺！

那个时候我们还没有自己下馆子的能力，在家里凑合两个菜、喝一点生啤酒也就算挺隆重的举动了。尹五羊的家是尹叔的宿舍，两间红砖平房，和我家的四间平房毗邻，那几天尹叔随我父亲出差，五羊就在简陋的厨房里扎上围裙开始忙活。

厨房里的尹五羊果然气度不凡，动作麻利干练，刀工节奏匀称，马勺掂得上下翻飞。我夸赞他：没看出来，你还真有点大厨的气派。五羊说：祖传的手艺，娘胎里就会。

尹叔可是有绝活，会烧河豚。

尹五羊脸上泛着光泽说：不是吹牛，我烧的河豚比老爸烧的要好。

尹叔烧的河豚我吃过，的确好吃，全大院的人没有不竖大拇指的，你怎么会超过尹叔？

父亲当兵走得早，我烧河豚的手艺是爷爷在我懂事时就教我的，是真传。五羊说。

我问：爷爷是厨师，怎么还喜欢建筑，修门楼？

五羊说，爷爷虽教他厨艺，但更希望后辈有出息，爷爷非常看重那个清代的石马槽和两扇朱门，心思不在物件上，他是希望尹家能出一个骑马的后辈光宗耀祖，很可惜那个石马槽丢了，爷爷从此身体就垮了。

这顿饭五羊还请了同班同学朱成碧。朱成碧和我考上了同一所学校，在历史系。报志愿的时候我只问了朱成碧报哪一所学校，却忘了问专业，结果我报了政治系，而朱成碧却去了历史系。

我和尹五羊都对朱成碧有好感，朱成碧模样洋气，衣着时尚，有一种超凡脱俗的美。她妈妈在外贸公司工作，出国像家常便饭，我们正是从朱成碧那里知道了邓丽君和那些被称为靡靡之音的流行歌曲。我和尹五羊私下多次议论朱成碧，我说全班女同学，朱成碧最有气质，唱越剧，刻印章，学习又好，比三十年代上海滩的明星还耀眼。尹五羊说朱成碧是一条雪白的里脊，哪一个厨子见了都忍不住想动刀。我说你这样打比方不好。五羊说，在厨子眼里能算一盘菜的都是好样的，这么说是夸人。我心里好笑，谁要是真把自己当盘菜就麻烦了。尹五羊小声告诉我：你要感谢我，远桥，要不是我给你当护花使者，朱成碧早被别人掐了去。我推了他一把：我让你保护她不是出于私利，是担心有流氓欺负她，朱成碧不属于我，我也不是欺男霸女的军阀。尹五羊说那倒是，朱成碧属于谁决定权在她自己手里。

尹五羊作为我的死党，在高一的时候就接受了我赋予他的一项使命：保护朱成碧。这项任务对于体格并不高大的尹五羊来说难度很大，因为我们所在的中学地处城乡接合部，学校里小混混不少，在那个刚刚解禁恋爱题材影视作品的时代，学生们都学着《庐山恋》《追捕》，哼着《流浪者》谈恋爱，男学生喜欢围着漂亮的女孩子起哄。我担心朱成碧受到骚扰，就让尹五羊暗中做护花使者。尹五羊接受这个任务很爽快，没有讲任何价钱，他说，你喜欢的人，我有义务去保护，谁让我们是兄弟呢。高二二班有个叫郭子的学生，来自郊区一个煤矿，也许和生活环境有关系，郭子长得印第安人一般黢黑威猛，年年学校开运动会他都是"三铁"冠军。正像瘦人偏爱胖子一样，皮肤黢黑的郭子很喜欢白净的女生，经常在白净的女孩子面前吹着口哨、插兜甩头地走来走去，容貌出众的朱成碧自然躲不过他的觊觎。郭子骚扰朱成碧的方法是送煤精给朱成碧，他不知怎么知道了朱成碧会篆刻，就放学时在校外拦着朱成碧，把报纸包好的煤精送给他。煤精是一种能雕刻成纪念品的好东西，生于煤矿的郭子当然知道这一点，但朱成碧不知道，当郭子把煤精送给她时，打开报纸的她一时竟吓哭了，失手把那块很好的煤精掉在地上摔碎了。朱成碧说当时她想到了这是炸药。第二次，郭子又送煤精，朱成碧吓跑了。第三次，郭子再拦朱成碧时，被跟踪保护的尹五羊挡住了，尹五羊说：人家不要你怎么死磨烂缠非要给？郭子在学校横惯了，没想到会有个愣头青来管他的好事，就瞪着眼说：关你啥事？不要命啦！尹五羊拍拍胸脯：命就在这儿，想要你拿去！郭子一拳就打过来，尹五羊被打了个趔趄，我和大桩在操场的一头看到了这一幕，疾步往这边跑，眼看到尹五羊站稳了，郭子又打来一拳，这下尹五羊被打倒了，吓得朱成碧惊叫起来，尹五羊又站起身，郭子还要往上扑，尹五羊"嗖"的一声，从后腰抽出一把军刺来，朝着郭子的肚子就攘过去，郭子很机灵，急忙转身，军刺从他的肋下穿过去，刺啦一声，把郭子黄色的确良上衣给豁开一个大口子，郭子的黑脸吓得纸一样白，扭头逃窜了。事后大桩对我说：尹五羊是灞县一中敢亮刀子捅人的第一个，服了！自此，学校里都传说尹五羊打架敢下死手，也就没人再来惹朱成碧。尹五羊和郭子打架的时候，朱成碧就站在一边，郭子跑后，朱成碧问他为什么要拼命保护自己，尹五羊指了指赶过来的我说，你问他吧。朱成碧看了我一眼，这一眼很奇怪，像带着一股热风扑面而来。事后，尹五羊对我说，其实头两次，他也远远地看到郭子拦朱成碧了，但他对身高体健的郭子不敢冒险出击，只能待有了准备之后才会挺身而出，五羊说，虽说受人之托当替人效命，但也不能打无把握之仗。

在朱成碧还没到的时候，做好了饭菜的尹五羊一边擦手一边说：远桥，我俩打个赌怎么样？我说赌啥？他说赌谁能娶朱成碧。我说别看你为她动过刀子，输家肯定还是你，朱成碧眼光多挑剔呀，我都没信心别说你了，你学习不好怎么和我争？你要想和我争，道路只有一条，复读、考大学，否则你一个待业青年靠什么赢？尹五羊说不一定吧，虽说朱成碧有才有貌，但她有个软肋，就是嘴馋，我会烧菜，能补上这条软肋。我说你怎么知道朱成碧嘴馋？尹五羊诡秘地笑了，你不懂得，嘴馋不馋好厨师一眼就能看出来，朱成碧要是嫁给我，我天天不重样为她烧菜。我心里好笑，就说你还是算了吧，多想点正事省得尹叔操心。尹五羊却很较真：你赌不赌吧？我说那就赌，输赢怎么算？尹五羊想了想，道：赢家要给输家扛活，输家不准反目。我心想，这不是惩罚赢家的一场赌博吗？看来五羊知道自己必输无疑了。于是，就和五羊拉钩打赌：好，拉钩上吊，绝不反悔！五羊点点头：反悔就不是兄弟！

朱成碧来到尹五羊家，似乎刻意打扮了一番，一头《追捕》中真由美式的长发超前时尚，圆领收腰白色连衣裙得体雅致。面对一桌色香味俱佳的菜肴，朱成碧眼睛格外有神：哎哟，五羊的手艺？有招不露呀！五羊说：一般一般，家传的手艺而已。

朱成碧盯着盘中一条剥皮红烧鱼问：这是什么鱼，还要去皮红烧？

我插话道：河豚，皮上带刺，所以要剥皮来烧。

五羊点点头：其实，河豚鱼的皮、肝、子都是可以吃的，只不过加工的技术含量太高，一般厨师学不了，我听爷爷说过，他加工的河豚肝，比法国鹅肝好吃。

三个人坐下来，尹五羊擎着一杯生啤酒说：祝贺两位金榜题名！

我和五羊都干了一杯。生啤酒带有一股马尿味，并不好喝，部队大院小卖部两角七分一斤，散装，五羊买了一盆，大概有七八斤。

朱成碧不饮酒，尹五羊为她买了一种叫格瓦斯的汽水。朱成碧一边抿着汽水一边问：远桥，你毕业后想做什么？

我说没有想好，不过既然报了政治系，工作总该和党政机关搭界吧。你学历史，将来打算干什么？

我想研究东北亚传统文化。朱成碧说，东北亚历史上有那么多文化密码需要破解，我想通过自己的研究去填补一些史学上的盲点。

朱成碧的话让我汗颜，一个高中毕业的女孩子已经很精确地在设计自己的未来，而我对自己的明天却一无所知。我试图缩小与朱成碧在志向上的差距，便补充说，其实，我挺喜欢哲学的，尤其是尼采，将来也许会往这个方向努力。

朱成碧摇摇头：要我说，你将来最适合从政，你有这个潜质。

我愣了愣，我哪里有从政的潜质呢？

你喜欢谋划和幕后指挥，是不是？无论什么事你都不会冲锋陷阵，而是在枪林弹雨够不上的地方发号施令。是不是？

哪里的话？这样我不成了贪生怕死的滑头？

政治家需要沉稳，经济学家需要激进，哲学家需要超脱，三者权衡，你的性格还是合适从政。朱成碧不紧不慢地分析。

我一时无语，心想，从政也没什么不好，朱成碧这话并无贬低之意。

朱成碧问尹五羊：那么五羊呢，你不上大学不当兵将来想干什么呢？

尹五羊胸有成竹地说：我的未来是当一个有为有位的厨子。

什么叫有为有位呢？朱成碧问。

五羊想了想，道：我没想好，或许就是像彭祖、伊尹、易牙那样，以庖厨之道立功立言吧。

我并不怎么怀疑尹五羊总是自称伊尹后人的说法。虽说尹家自称伊尹之后，有借古人光环之嫌，因为伊尹毕竟是殷商名相、帝王之师。但尹五羊说过，他家家谱顶端上的画像就是伊尹，自己的确有伊尹正宗血统，还说爷爷给自己取名叫五羊，虽是纪念秦穆公五张羊皮换百里奚的故事，但真实用意还是希望自己学习百里奚和伊尹，以庖厨之道明齐家治国之理。应该说伊尹还是值得尹五羊尊为圣祖的，至于彭祖，多少有些神话色彩，不足为信，而易牙，虽说也是庖厨鼻祖，但他弄权摄政，烹子献糜，五羊对他五体投地是拜错了菩萨。

朱成碧点点头：我明白了，五羊是想当一个身在厨房、心在庙堂的厨子。

我和朱成碧对视一眼，五羊的想法很靠谱。

尹五羊并没有因为高考落榜而颓废，这是我最想看到的，当厨子虽说离为中华崛起而读书的豪言壮语十分遥远，但谋生还是不错的，日子再苦，也饿不着厨子，哪一朝代的厨子不是肥头大耳？

我说：尹叔是八级技师，你将来要青出于蓝而胜于蓝，争取当九级。

尹五羊摇摇头：你外行了，我们国家是八级工资制，哪里来的九级？老爸是军人，只能掌勺，开不了店，我将来可要自己开饭店。

朱成碧笑了：你开饭店我们有地方吃饭了。

五羊当即许下诺言：在我尹五羊的饭店里吃饭，你俩终身免费。

为了五羊的承诺，我们三人干了一杯。

尹五羊的河豚味道极鲜，朱成碧一边吃一边问：河豚不是有毒吗？我们这样吃会不会中毒？我感到好笑，怕有毒还吃得这么欢，可见尹五羊说的嘴馋是有根据的。

尹五羊颇为得意地说：放心吃吧，我爷爷的爷爷就是烧河豚的，别忘了我家祖上是扬州知府的私厨，每月有五两银子的饷钱，不比现在钓鱼台的厨子差。烧河豚的手艺我家是祖传，爷爷传给老爸和我，我将来再传给儿子，作为伊尹的后人，要对得起祖宗。

五羊学会吹牛了，你怎么知道将来就会有儿子？要是女儿怎么办？手艺就不传了？朱成碧问。

这一问，五羊脸红了，一时不知说什么。在那个年代还很少触及这样的话题，朱成碧的开放让尹五羊毫无思想准备，不知怎么接话。我只好解围说：女儿也要传，这是非物质文化遗产，失传是国家的损失。

朱成碧说：这就对了，在文化传承上，谁也不能重男轻女。

在朱成碧开朗的谈吐引导下，尹五羊变得侃侃而谈，成了这顿晚餐真正的主角，我和朱成碧大多时候是在听。尹五羊讲八大菜系，每一菜系历史上有名的厨子是谁，拿手菜是哪一种，我和朱成碧恍若鸭子听雷，连话都插不上。从尹五羊嘴里我知道，中国菜系最早发轫于齐国，由齐菜到鲁菜，再后来，齐鲁之菜就像孔孟的儒家学说一样，浸润华夏，发展成今天的八大菜系，而这一切，都源自齐桓公的厨师易牙。

快吃完的时候，尹五羊忽然卖了个关子：你们知道世上最美味的菜是什么吗？朱成碧说是鲍鱼和鱼翅，我说是熊掌和飞龙。尹五羊摇摇头说：最美味的菜不是山珍，也不是海味，它在河豚身上，叫西施乳。

朱成碧眨着一双毛嘟嘟的眼睛问：西施乳？

尹五羊得意地说：对，是河豚的鱼白，用老母鸡、老鸭、猪蹄髈、火腿、河豚骨架一起熬制高汤，高汤熬成后，把鱼白汆熟，再加作料煨好，西施乳就成了，这道天下美味形如子玉，味比燕窝，糯软滑爽，甘腻细嫩，人吃了会飘飘欲仙。

我和朱成碧被他描述得口舌生津，感觉胃口像乳燕待哺的嘴，已经张到了极致。

我说：五羊你别馋我们，有本事做一道我们吃。尹五羊拍了拍胸脯说：将来我请你俩吃一回西施乳，一定！

到大学报到前的一个傍晚，我和五羊到院墙外的河边闲坐。我们所住的部队大院因为独特的科研性质和地方联系很少，平时院里很冷清，偌大的操场上从来没有出操的士兵，院里栽满了法桐、杨树和银杏。大院在灞县城的南端，不远处是一条蜿蜒而过的小河，小河叫城南河，河水清澈，河畔长满了蒲草，我和五羊小时候喜欢到河边钓鱼，每次钓到鱼后，五羊都会拢一些干柴，把钓上的鱼用火烤熟，然后大吃一顿。烤过的鱼有鲫鱼、黄姑鱼和柳根鱼，多年以后我一直喜欢吃烤鱼，大概与这段记忆有关。我猜五羊的心情肯定不好，或许他内心里还是希望上大学的。那个黄昏格外闷热，五羊穿了一件军用背心，不时用蒿草驱赶着飞来的蚊子。他挥舞蒿草很用力，抽打着自己的肩头和脊背。

我说：复读一年吧，来年考轻工学院，那里有你对口的专业。

尹五羊挥舞了一下蒿草道：不考了，厨子世家走不通进士之路。

我感到耳朵里潮声涌动，五羊又说了些什么我听不清了。我从小就有一个耳鸣的毛病，一到孤独的时候，耳朵里就会响起潮起潮落之声，在这种声音里我容易走神儿，满脑子跑火车。这个毛病是间歇性的，听课的时候没有，写作业的时候没有，大多数是一个人瞎想的时候才会发生，这次和尹五羊坐在河边，竟然发生了耳鸣现象，我隐隐地觉得这四年大学生活因为没有五羊的陪伴我会感到孤单。

耳畔潮声退去，我问五羊：你说将来要开店，那么你挣了钱，最想干的事是什么？我问这样一个问题是因为我知道五羊不是个嗜财之人，而开店无非是赚钱。

我想好了，挣到钱后我第一件事就是回扬中老家，把老宅修修，老宅除了那个朱门楼子还能看外，其他都老掉牙了，再不修要坍塌了，爷爷走的时候眼睛一直盯着漏雨的屋棚看，直到没气了也不肯闭上，我娘说老人家是担心这老宅哪一天会塌下来。五羊很动情地说。

我点点头。我想起了五羊写的作文《朱门》。

那么，修好老宅之后呢？

做钱做不到的事。五羊说了一句很费解的话。

回家的路上，几乎甩了一个晚上蒿草的尹五羊对我说：《随园食单》里说，一世长者知居处，三世长者知服食。我将来要做的事情管三世呢，你看吧。

日记二

    1997年10月1日，国庆节。之前三四天，五羊打电话约我吃饭。我说三四天后的事，说不准就忘了。五羊道：《随园食单》里讲，凡人请客，相约于三日之前，自有工夫平章百味。我这是依旧礼办事。五羊书没读几天，还之乎者也地转上了。五羊饭局安排在友谊宾馆，省城名店，各路贤达荟萃之地。机关虚度多年，我从未到此进餐，这次借五羊之光来此奢华场所消费，心里不免忐忑。五羊已经今非昔比，设宴的地方越来越讲究，但他请客一定要有河豚，没有河豚的饭店，无论星级多高，他一般不会涉足。友谊宾馆三楼就是一家河豚馆，五羊定了一个取名东瀛厅的包房，原以为赴宴人会很多，到场后才知一共只有四人。今日之宴欣喜的是认识了一位人品端正的兄长，麻烦的是遇到了一个频频逼酒的女子，遗憾的是没吃到尹五羊所说的西施乳。

必须承认，很多时候起点能够决定终点。

我大学毕业分到的这个单位，主管全省经济社会发展计划，可谓有权有钱，在这个单位的投资处，我从科员一直做到处长，顺风顺水没有波折，这要得益于那个时代大学生的稀少和对年轻干部的重视，大环境生态好，说不准哪棵树苗就会蹿起来。这期间，尹五羊的事业也成几何倍数增长，他在东南沿海很多城市开了连锁店，专门经营河豚。我与他开玩笑：河豚上辈子肯定欠了你尹家的债，要你处处开河豚集中营。尹五羊说：河豚与猪羊一样，就是一道菜而已。我说按照佛家的轮回之说，肯定有因缘，我劝你不要到江河里游泳，当心河豚一口咬下你的命根子。

我能顺利接任处长，有尹五羊一份功劳。

我在副处长职务上第三年，一天，尹五羊从日本给我打来电话，说他在日本，近期回国，问要不要捎点东西。我未加思考就说捎个电动剃须刀吧。我胡须虽不硬，但却长势好，几天不刮便像中东地区的男人呈现出络腮之相，日产电动剃须刀小巧灵便，出差便于携带。

几天后，尹五羊扛着一个印有日文的大纸箱来到我办公室，这架势一看就是送礼来的。亏了我同室的另两位副处长下基层了，要不我多年树立的清廉形象就被尹五羊给毁了。

我说你这是干吗？一个电动剃须刀还要这么大个包装吗？尹五羊擦了擦额头的汗珠，喘着气说：谁说是一个？这是一箱，整整三十个！

当时我想尹五羊肯定是疯了，他该不是把我当成一个贩卖电动剃须刀的二道贩子吧？我说：我只要一个，你怎么带一箱来？我是国家干部，不干倒买倒卖的勾当，别指望我利用权力给你推销剃须刀。

尹五羊不再喘息了，他坐下来问：你们单位有多少个处长副处长？我扳着指头数了数，有二十四个。他又问，厅长、副厅长呢？我说一正四副呀，你想怎么样？尹五羊说，这就对了嘛，我情报还是很准的，算上你一共三十个，不多不少。你把这些小玩意每人一个发出去，不分男女，男的自己用，女的给老公，这样一来，你前途上的障碍，会像胡子一样剃干净。

你让我给同事们送礼？眼前的尹五羊似乎是个陌生人，我不明白他在打什么算盘。

什么送礼？这是小玩意，出国纪念品，你听说谁送个打火机、剃须刀是送礼了？

我想了想，尹五羊的说法有些道理，日产电动剃须刀虽然价格不菲，在当时颇为时尚，但的确算小玩意儿纪念品，与违纪违规那些杠杠挨不上。

尹五羊接着说：我了解你，你是个正派人，岳父又是大干部，容易高高在上脱离群众，怎么办？平时多聚点人脉呗。

你哪来这些理论？我斜了他一眼，我的前程靠自己工作，靠小恩小惠岂不是旁门左道？

旁门左道？我这么做都是上学时跟你学的，在你身上就是本事，在我身上就是旁门左道？

五羊这么说，我有些不好意思了，只好解释说自己是强调工作的重要，不是看不上这些小玩意儿。

尹五羊说：小玩意儿也有大作用，当年中美关系僵不僵？那是地球上最大的事，还不是毛主席用一个小玩意儿给撬动开了？这是智慧，大智慧！尹五羊说的是中美外交史上的乒乓外交，敌对的中美关系还真是靠小小的乒乓球开始扭转的。

这是日立牌的，寓意你不日即立。尹五羊指了指纸箱上的英文。

我无奈地摇摇头，心想，三个副处长我排名第三，怎么不日即立？

尹五羊走时很神秘地对我说：看你的气色，近期必有好事。

我笑了笑，五羊一直期待我进步，像我期待他的五羊连锁店越开越多一样，这是一种兄弟情义，这种情义让人心里很温暖，是一种没有血缘胜似血缘的关系。我在读传统小说时，曾经思考古代的豪杰为什么总爱金兰结义、结拜兄弟，其实，他们追求的就是这样一种情义。有了这种情义，你不会孤独，不会抑郁，更不会走投无路陷入绝境。

尹五羊的剃须刀真的起到了意想不到的效果。在我很随意地把这些小玩意儿发给同事们后不到两个月，我们的老处长另有高就，三位副处长中需要擢升一位当处长，好运祥云一般落到我的头上。另两位副处长年纪相当，都在五十五六的年纪上，他俩相互间有些摩擦，但与我关系都不错，我们构成了一个稳定的三角形。组织考核时，两个人都推荐了我。满头白发的老厅长找我谈话，夸我群众关系好，没有高干子弟的架子，是棵好苗子。厅长说：好好干吧小郑，记住，人什么大了都好，只有架子大了不值钱，处长的位置对于你来说就是一个过渡，要立志高远做大事。老厅长的话极有水平，他没有说做大官，而是希望我做大事，但谁都知道有位才能有为，做大事的前提首先要有干事的平台。

担任处长后，我给尹五羊打电话，说五羊你不做官可惜了，你有大智慧。尹五羊说：好兄弟要互补，都在官场混，不一定就是好事，你当你的官，我当我的厨子，不在一个石槽子里抢食吃。

我觉得五羊心态很好，做厨子做到了极致也是一种成就，不像有些人朝秦暮楚，宏图大志像骡子的尿，哪里方便就往哪里滋，结果滋来滋去也滋不出个子午卯酉来。尹五羊生意上顺风顺水，用不上我出力，我这个所谓做官的，对他只能是心理安慰。五羊的父亲尹叔退休后不再上灶掌勺，整天和我父亲一帮人在干休所听戏打牌，令五羊苦恼的是，他在餐饮业上的成就赢不来尹叔的夸奖，尹叔担心五羊贷款到处铺摊子会栽进去，说银行的钱好比黄世仁的债，不是好花的。每当春节我们两家聚会时，尹叔都会拍着我的肩膀对五羊说：三岁看老，小时候我就看远桥有出息。五羊便傻傻地笑，附和说远桥是干大事的，将来说不准就是杭州知府一样的官，而他只能做知府的私厨。尹叔对五羊耍贫嘴很反感，满眼期待地央求我说：远桥你是他哥，要常帮帮五羊。尹叔这么讲，我心里便感到惭愧，我能帮五羊什么呢？倒是五羊帮了我不少忙。

五羊的事业突飞猛进，五羊的人脉也风生水起。五羊经常给我打电话说认识了某某领导，说和谁谁成了好朋友，对此我并不怀疑，五羊开了那么多饭店，接触三教九流，通过饭局认识一些贤达名流并不奇怪。我也知道五羊从不打诳语，他说是朋友，说明是有了一定交往，而不是一面之交。

我任处长第三年，国庆节前的一个周末，五羊打来电话，说几天后要请我吃饭并有事找我。我心里很高兴，五羊终于有事要找我了，我也真想在力所能及的范围内帮五羊做点什么，否则回灞县过年我会愧对尹叔的夸奖。

我说几天后吃饭，这么早就打电话，你这不是钓我馋虫吗？

五羊说他是依《随园食单》里的规定行事，又讲了一通之乎者也，我和他调侃了几句，就应了吃饭的事。五羊说他要先到我办公室来，有些话不能在饭局上说。

和五羊约好那天，我特意从家里带了一包上好的乌龙茶到办公室。人的口味会随着腰包而变，五羊已经是大老板，办公室的袋装红茶伺候不了他。

来到办公室，尹五羊背着手转了一圈，然后说：不错不错，上次来是三个人挤一起办公，这次就一个人了，办公桌也大了，还换了转椅，尽管是个人造革的，但好歹不用坐冷板凳了。我说我不在乎这些，坐什么椅子不能办公？上大学时我们去西柏坡，那个时候中央领导不都是硬板凳、硬木床。

尹五羊坐下来，端起我给他沏的乌龙茶，喝了几口，并没有半句评价，我觉得五羊虽是名厨，但对茶似乎不太在乎。

有什么事，说吧。我从办公桌后过来，和五羊并排坐在沙发上。

你想不想下去工作？五羊问。

下去？我被问蒙了，往哪里下？

到下面地市去工作呗，用你们的话说叫下去挂职锻炼。尹五羊的话很在行。

我笑了：这哪是你我该想的事情，这不是你做道菜那么简单。

你说实话想不想吧？尹五羊很认真。

下去挂职的都是第三梯队，机关里的年轻人哪个不想？可是，想就能成吗？除非你像伊尹那样封侯拜相，这等事才能心想事成。

好了，有这句话我就明白了。五羊说：明天中午友谊宾馆三楼见。

我很纳闷，五羊说有事，却没什么事，问我想不想下基层这算什么事？难道五羊能干预这样的事情？我想替五羊做点什么的想法落空了。我说五羊呀，你说找我有事原来就是一起吃个饭，这样的事天天有我都乐不可支，反正不是我掏腰包。

这个饭不一样，尹五羊说，这次是和一个大哥吃饭。

哪位大哥？我认识不？

你不熟，是省委大院的，我的一个老大哥，人特好，也和你一样正派，我觉得你们是一路人，应该认识一下。

因为工作接触少，我们和省委大院那边联系甚少，那边的领导只是在会议上能见到，交流更谈不上了。我说你安排吧，你的大哥想必也是我的大哥。

尹五羊轻轻啜了一口茶，忽然问：远桥，你还记得那双回力鞋吗？

回力鞋？什么回力鞋？我被问得摸不着头脑。

那年学校开运动会，检阅时要求穿回力鞋，你把你的新鞋给了我。

五羊这样一说，我想起来了，当年小学开春季运动会，班主任要求全班同学穿蓝色回力鞋，没有的都去借。老师说五年一班要想拿风纪奖，就必须统一穿回力鞋，而且要蓝色白鞋带。五年一班部队子弟多，借回力鞋平时并不难，但五年二班和我们较劲，也是这么要求的，这样鞋就难借了。五羊没有回力鞋，我是有一双回力鞋，但已经很旧，在脚拇指处还磨了个小洞，便央求父亲买了一双。一向节俭的父亲听说回力鞋事关五年一班的风纪奖，二话没说同意掏钱买新鞋。我去商店买回新鞋后，用鞋带把两只新鞋挂在脖子上，一跑一颠往回走，在大院的一棵杨树下看到了手拄下巴两眼发呆的尹五羊。我问五羊你在这发什么呆？五羊看见我脖子上的回力鞋，眼泪立马就下来了，原来尹叔不同意买鞋，原因是开春刚刚给五羊买了双新球鞋，有鞋穿就行了，哪能再买回力鞋？我也在杨树下坐下来，帮五羊想主意，我们想到捡些废铁去卖，想到请求老师允许穿球鞋参加检阅，但都不可行，五年一班一定要拿风纪奖，全班同学摩拳擦掌，哪能因一双球鞋功亏一篑？我们坐了很久，五羊的眼圈一阵阵泛红，看到五羊流泪我心里难受，我咬咬牙，把脖子上的回力鞋摘下来，用力往五羊脖子上一挂，说：行了，你穿这双！五羊愣住了，看着我问：那你穿什么？我说我还有一双旧的，用蓝粉上上色，看不出来。尹五羊不要，我板起脸说：

为了五年一班拿奖，你必须要。尹五羊想了想，实在没有别的办法，就只好同意了。这件事过去了二十多年，没想到尹五羊还记得。

那次，五年一班拿了风纪奖，全班同学又蹦又跳，五年二班却惨了，那个瘦瘦的女老师像死了老公一样，脸上连点血色都没有。我回忆起当时的情形，心里很舒坦。

检阅完事你没把回力鞋要回去，非要给我。尹五羊还在说鞋的事。

我说那是胜利的纪念，给你的东西我怎么能要回来的？你记性挺好的，你不提我都忘了。

尹五羊仰望着天花板说：怎么会忘呢？那个时候日子真苦，买双回力鞋比现在买辆车都难。

离开我办公室的时候，五羊突然转过身道：你的茶不错，是台湾的冻顶乌龙吧，喜欢喝的话别用公款买，下次我给你带些来。

我想说什么，但一时语塞，看着身材并不高大的尹五羊从台阶上走下去，步子很稳。

第二天中午，我们来到友谊宾馆三楼河豚馆的东瀛厅，房内装修典雅，清一色的花梨木桌椅，圆桌上的骨瓷餐具精美亮丽，插在高脚杯里的白色餐巾被叠成一朵朵盛开的马蹄莲，墙壁上挂着一幅富士山雪景粉画，看落款，竟是本省一位名家之作。五羊带了个叫小青的女孩子，是五羊公司的财务人员。小青长了一张讨巧的狐媚脸，大眼尖颌，鼻子上的皮肤很亮。五羊说自己酒量不行，带小青来一是代代酒，二是好买单。闲聊了一会儿，五羊请的领导大哥按时到了，我吃了一惊，尹五羊请来的是省委组织部副部长老项。老项慈眉善目，官气不锐，说话办事正派谦恭，颇具兄长之相。老项不认识我这个小处长，他很随和地和我们握手，说对不起来晚了，让大家久等。我看看表，说领导准时来的，不晚。

尹五羊请客一定要有河豚，此次河豚宴，看来他知道老项的口味，没有征求领导意见就把菜定了。喝酒一项，尹五羊没有自己做主，征求领导意见。老项说不喝名酒，就喝点老白干吧。五羊说远桥你说呢？我说喝老白干是不是对领导不尊重？还是喝好一点的吧。老项点燃一支红塔山香烟摇摇头说，小伙子，喝酒还是喝大路酒为好，我都五十有八眼看着回家了，在位时要是顿顿茅台五粮液，退下来后没酒怎么办？古人讲常将有日思无日，就是防止大起大落，很多年了，我总是喝地产老白干，退休后我也买得起，所以在喝酒上我不会有失落感。老项一番话，令我对他肃然起敬，看来领导喝老白干不仅仅是个廉政的问题，还有更长远的考虑。

尹五羊听到领导这么说话，很认真地说，大哥想喝什么酒就喝什么酒，别的不敢说，大哥退休后的吃喝问题五羊集团全包了，当然，您也不是不劳而获，五羊集团要正式聘您为顾问。老项摆摆手，那是以后的事，今天我们就是吃河豚。

席间，小青频频向老项敬酒，但老项每次都是抿一口，并不放开喝。尹五羊看看我，我知道我该敬酒了。说实话，老项抽的普通香烟和刚才一番话，颠覆了我对某些高官的看法，一个身居高位的部长，能像普通人一样抽红塔山喝老白干，实在难能可贵，我们这些小处长私下聚会，起码也要抽玉溪喝全兴大曲。

我斟满一杯酒，起身敬老项：我敬前辈一杯，很佩服您的平民观。老项问：什么是平民观？我说身在庙堂，脚在江湖，顶天立地。老项点点头，站起身问：怎么喝？我没有多说，一口气干了这杯高度老白干。老项笑了，爽快！他一仰脖，杯中酒也见了底。喝完他说：只此一杯，我们不拼酒，君子不为酒困。

接下来，老项问了我毕业的学校、专业和单位工作情况。尹五羊说远桥这个人也有平民观，从来没什么架子，人家两辈做官，我家两辈当厨子，可我们两家处得比亲戚还亲。老项又问了我父亲和岳父的情况，他说和我岳父很熟，但我岳父从来没有提过我在省直单位工作的事。

老项很幽默，不是铁面无趣的官人。他谈论的话题也很宽泛，饭局上不会冷场。他说伟人和小人之间的转换有时就在闪念之间，为此他讲了个故事，说有一个抓城管的干部，认为自己干的一切都是坏事，上下左右口碑也不好，在所在城市被老百姓称为当地"四大混蛋之首"。为此他很纠结，常常自责，心里想一定要做一件好事，给自己正名，让良心得到安慰。但是，他一直没有做好事的机会，他的工作就是驱赶小商小贩，罚款撕票、没收瓜果。有一天下班他喝了酒，回家路上，在一处禁止摆摊的地方发现了一个卖耗子药的小贩，他想自己已经下班，又喝了酒，就想假装没看见匆匆走过去，让这个老者在路灯下卖吧。他没想到这个年纪很大的小贩曾被他处罚过，对他畏之如虎，远远看见"四大混蛋之首"的他红头涨脸地赶过来，一紧张竟吓昏过去。他看见小贩摔倒了，怕出意外就跑过去把老头扶起来，想拦辆出租车把老人送到医院去。这时，路上的行人纷纷围上来，发现臭名昭著的"四大混蛋之首"抱着一个昏过去的小贩，于是有人喊了声城管打死人啦。这一喊，人群开始骚乱，开始愤怒，开始围殴这个城管，结果，当警察赶来的时候，城管已经没有气息了。好在，出事的地方有监控，人们发现他并没去执法，也没有去殴打小贩，他是上前救人的。真相在电视台播出后，并没获得老百姓的同情，人们不相信一个混蛋会去做好事，社会上关于他恶行的传闻一直不断。老项说，这个故事告诉人们，你一旦成功扮演丑角，观众便总会以丑角的印象来给你定位，你就很难再去扮演正面人物。

老项这个故事我印象极深，多年以后，我在一次干部调整会议上还讲起这个故事。

这次吃饭，老项还说好干部大都是基层上来的，没有基层经验的领导往往纸上谈兵，遇事发慌，心里没底。

这是我感到最放松的一次饭局，老项号召多吃河豚，不提倡多饮酒。但问题出在尹五羊带来的小青身上，小青敬不下老项酒，就频频劝我喝，出于礼貌我又不能不喝，见我有点招架不住，尹五羊说：小青你别劝郑处长酒了，他喝不过你的。小青说英雄海量，郑处长一表人才难道还不如一个小女子？我不善斗嘴，被逼无奈只好多喝了几杯。饭后，送走老项，小青满面桃花对我说，郑处长人挺好，没架子，也不祸害女孩子。我听后吓了一跳，问你这话啥意思，什么叫"不祸害女孩子"？尹五羊笑着说：远桥你别误会，小青是说你很文明，不像有些当官的，喜欢灌女孩子酒，然后看女孩子的洋相。我这才明白"祸害"的意思。我对小青说好好跟尹总干，尹总不仅是个有追求的企业家，还是难得的好人。

这次饭局后不几天，老项给我打来电话，让我到他办公室去一趟，我去后，老项拿出一个画轴说：这是五羊送我的，说是你给我的。我蒙了，我没有给五羊书画，也没让他送给老项，但我没有说话，此时此刻我不能穿帮。老项说：八大山人的画我很喜欢，尤其是画的鳜鱼，眼睛往上翻，说明不愿意看世俗之事。老项说他从不收礼，但这幅画他留下了，但他要送我一样东西。他从抽屉里拿出一个锦盒，打开看，是一块大红袍鸡血石。我们交换吧，两者价值应该是半斤八两。我不能不收下这块鸡血石，这是我一生中收到的最贵重的礼物，但我知道它属于尹五羊。接下来，老项说省委在省直机关选拔一批学历高有发展潜力的后备干部到各地市挂职，问我是不是愿意下去工作。我马上就想到了老项关于好干部出在基层的说法，就对他说，我不想当个纸上谈兵、遇事发慌、心里没底的干部。老项会心地笑了。

后来，省委组织部到我所在单位考核，再经过一系列严格的考察审批程序，我被下派到蓝城任市委副书记。

走之前，满头白发的老厅长再次找我谈话说：根扎得深，树才能长得高，小伙子你的路走对了。

日记三

    2004 年 4 月 22 日，晴。市里正筹备蓝城市第八届人代会，省委考核组来蓝城进行换届考核。考察组入住蓝城第八天，考察组组长乔局忽然主动约我吃饭。席间，酒店经理七喜的一曲越剧，不由使我想起朱成碧。我曾试图把朱成碧从记忆中抹去，但一见七喜，朱成碧的形象便会在脑海中激活，很多次面对七喜，都仿佛朱成碧正笑眯眯地向我走来。记得尹五羊说过：一物有一物之味，不可混而同之。但七喜和朱成碧，却如同并蒂之莲，芳香神韵难分伯仲。这顿饭，首次吃到西施乳，果然妙不可言。席后，给五羊打电话，责怪他腊头驿早有西施乳，为何今日才上桌？五羊辩解说，他所许诺的西施乳须由他亲自烹制，别的厨子烹制的不算。我问他何时亲自烹制？他犹豫再三，说等你有了当年金榜题名一样的好事我便亲自下厨。尹五羊这是搪塞了，五羊已经今非昔比，君子远庖厨，今日五羊集团董事长哪里会亲自下厨掂大勺？

人们往往习惯将"官僚"一词连用，其实，官是官、僚是僚，官与僚的感觉不可同日而语。在省直机关，我是典型的僚，在蓝城，尽管我是副职，却是地地道道的官。

我到蓝城任市委副书记已经两年有余。这些年，我耳鸣的毛病有所加重，每当耳朵里潮声响起时，我便会感到自己被巨浪托到了浪尖上，有一种双脚离地的感觉，有时，会出现一种幻觉，看到另一个我走在自己前面，我试图超过去，但两个我步履一样，前面的我像影子一样牵着我，使我只能踩着前面的脚印走。有时，我感到自己在潮声中正走进一台楼宇般的机器，机器里强大的吸附力让我不能自已，恐惧感像机器制造的粉尘四处弥漫。我看到颗粒饱满的大豆被源源不断输进机器，再出来时已是干瘪的豆粕，我担心有一天自己会像大豆一样扁平着从机器中被挤出来。这种幻觉很累，每次幻觉倏然飞走时，我便会烂泥一样浑身松软。

白手起家的尹五羊成了远近闻名的餐饮业大亨，他的五羊集团已经从灞县的五羊饭店发展成了覆盖小半个中国的连锁餐饮酒店。五羊集团主打河豚，从养殖到加工，已经形成产业链。我说你到处开店，为什么唯独蓝城灯下黑？不知道的还以为蓝城投资环境不好呢。尹五羊说蓝城离灞县近，想吃河豚来灞县就行了。我说灞县大还是蓝城大？五羊说这一点我清楚，蓝城管着灞县，灞县的县官是知县，蓝城的市长是知府嘛。我说给你个任务，到蓝城开一家店，要名正言顺，不得偷税漏税。尹五羊说其实你不说我也想到蓝城开个店，地方都物色好了，还没向你汇报。尹五羊说做就做，几个月下来，一个会所式酒店在北大河畔的柳林里建成了。尹五羊建店的地方原是一座青砖四合院，他买下后修葺一番，变成一家会所。会所外观修旧如旧，内部设施堪称一流，而且十分文雅。尹五羊请我参观，我暗暗吃惊这家伙的速度和品位，一个厨子竟然有了艺术家的审美，士别三日，真该刮目相看了。尹五羊说：酒店就叫腊头驿，牌匾已经刻好，是朱成碧写的字，隶书，成碧的长项。我愣一下，问：怎么，你和朱成碧还有联系？尹五羊突出的下唇翕动了一下道：忘了告诉你，我不是在日本有店嘛，在日本见到了朱成碧。我打断他的话：朱成碧好吗？尹五羊道：她在搞历史研究，日子不好不坏吧。五羊说得简单，我也不好再问，这是近些年我唯一一次听到朱成碧的消息。

我始终认为女人让人心动的是气质而非容貌。容貌虽然可以看得见却因无法保鲜而容易逝去，而气质这种东西像一双无形的手，会紧紧抓住你，让你无法挣脱。

我和朱成碧彼此有好感始于何时已经说不清楚，她抓住我的就是她的气质。

朱成碧是杭州人，在她身上印证了杭州出美女的说法。朱成碧特白，皮肤像白瓷，泛着炫目的光泽。朱成碧父母都是搞艺术的，她艺术素养与生俱来，她喜欢篆刻，在寿山石上刻的篆书很美也很难识；她会唱越剧，在没有伴奏的情况下，把越剧唱得婉转动听。朱成碧是初二时随父母工作调动转学来瀰县的，那天，当班主任老师把这个穿着红格小衫的女同学介绍给全班时，我瞬间就迷上了这款红格小衫，好像那红格小衫的每一个格子都是一扇能看得见风景的小窗，以至于多年以后我还对红格衣服情有独钟。老师安排朱成碧和我同桌，作为班长的我，自然就担负起呵护这个新同学的责任。那个时候，中学里有一种欺负外来生的习气，刚刚步入青春期的男孩子个个都有一套恶作剧的本领，班里三个外地转学来的石油职工子弟，就是因为当不了受气包而相继转学。朱成碧因为和我同桌，我与她成了班里关系最近的人，在我的精心安排下，她躲过了遭受欺负这一劫。朱成碧给我最初的印象是什么都软，身体软，说话声音也软，甚至她的头发也比别的女同学软。让我好奇的是朱成碧那双手，胖胖的，每个关节处都有个圆圆的酒窝，我想，别人的酒窝长在脸上，朱成碧的酒窝怎么就长在了手背上？我曾问过一个算命的瞎子，瞎子说这是观音手，福相，瞎子的这个解释让中学时代的我对朱成碧充满羡慕。朱成碧和我说的第一句话是：你去过江南吗？我摇摇头，初二时别说江南，就是灞县县城我都没出过。朱成碧没有因为我没去过江南而鄙视我，她说了六个字：江南好，值得去。后来，我每次去南方出差，脑海里都会蹦出这六个字：江南好，值得去。我对朱成碧的保护从小就有一种政治家的智慧，绝不会像个马仔一样赤膊上阵，我把这个任务布置给了大桩和尹五羊。大桩牛一样壮实，浑身蛮力，横冲直撞，而且十分忠诚。大桩连老师的话都不听，却听我的，大桩对同学说，远桥是咱班的宋江，我大桩是黑旋风李逵，大哥让弟死，就是十杯毒酒我也敢喝。大桩和尹五羊保护朱成碧很是上心，只是大桩爱好打球，常常顾及不到朱成碧，倒是尹五羊天天放学会送朱成碧回家。连我都没想到，尹五羊会为朱成碧和别人动刀子，还差点出人命。我保护朱成碧，却从没有告诉她，我是默默学雷锋，倒是尹五羊为她打架的事让她很感激，她特意刻了一枚图章送给尹五羊，章上是"力拔山兮"四个字。我知道这是形容项羽的一句话，但用在体格单薄的尹五羊身上似乎不贴切，如果给大桩就名至实归了。尹五羊视图章为宝贝，只给我看了一次，便不舍得再示人。我并不嫉妒尹五羊，图章，是对他冒死打架的奖励，并不代表朱成碧真的就喜欢尹五羊。

在大学里，我和朱成碧的关系虽没挑明，但彼此心照不宣。朱成碧有三大嗜好：金石、越剧和美食。这三大爱好，我最感兴趣的是越剧。中学时看过一部《追鱼》的越剧电影，是越剧名角王文娟演的，剧中千回百转的唱腔让我如醉如痴。和朱成碧在一起时，她总是哼哼越剧，很多唱段我都没听说过。每次我央求朱成碧唱越剧，她都会提一个条件：半只扒鸡、两瓶汽水。扒鸡是蓝城有名的美食，同学聚会如果能吃上扒鸡就算大餐了。我虽说家庭条件尚可，但父亲管束甚紧，总是教导我要艰苦奋斗，要缝缝补补又三年，从不给多余的零花钱，我只好从助学金里省，有时候不得不和朱成碧讨价还价，改成吃糖炒栗子。从朱成碧那里学了几段越剧，我对《西施断缆》印象尤深，工作以后还常常下意识地哼上几句。

四年大学生活像镭射灯光一样晃了几下就过去了，时光虽快，因为有了朱成碧，我的大学生活可以说是激情四射。大二暑假，几个同学约好去西柏坡旅游。去西柏坡是我父亲的建议，新中国成立前他在那里驻扎过，对那个有山有水的地方感情极深。我约了同室好友大吴和小栾、大吴的女友雯雯，加上朱成碧一起去西柏坡。我的邀请，无疑向同学们宣告了朱成碧和我的特殊关系，因为按照赋比兴的修辞格，大吴带了女友，那么我带的应该也是恋人。西柏坡一行，朱成碧简直是头机灵的小鹿，总是逃脱我任何亲昵动作，好像我的怀抱是一个圈套。大吴和雯雯甜得腻腻歪歪，他嘲笑我：你老爸在西柏坡是老八路，不敢对女同志动心眼儿，你一个八十年代的大学生干嘛那么封建？人都领出来了，还缩手缩脚的，窝囊不？大吴是宝坻人，说话带的那个"嘛"字特扎耳朵，他的话是当着小栾说的，让我很尴尬。小栾是我的好友，知道我和朱成碧的关系没到大吴所想的那种程度，就替我打圆场：人家远桥和朱成碧只是老乡，并没有确定恋爱关系，不像你和雯雯，班里的小弟弟都开始称呼大嫂了。大吴身材高大，敢做敢当，他不顾朱成碧就在不远处站着，低声对我说，鸭子煮熟了都能飞，何况还是只羽毛铮亮的白天鹅，你长点心吧。我没在乎大吴的话，大吴一向有勇无谋，他的话在我心里是要打折扣的。

在西柏坡回来的火车上，发生了一件不愉快的事。夜里，我们天南海北扯了一通后，开始昏昏欲睡。最先入睡的是小栾，他趴在茶桌上说：同学们，我要做梦了，和梦中的那个她去约会。不一会儿果然就睡着了。我和大吴看看入睡的小栾，会意地笑了。此行，小栾孤单一人，一路感慨自己命运不济，眼见大学时间过半，可找女朋友的任务还没有着落，好容易出来散散心，又选了个革命圣地，受的是艰苦奋斗教育，找女朋友这样的小资之事，更加任重道远了。大吴开导他：革命尚未成功，同志仍须努力，只要有精诚之心，天涯何处无芳草？小栾嘴一撇，道：饱汉不知饿汉饥，有了女朋友的都会劝别人不着急，因为他自己不用再急了嘛。看着小栾趴在茶桌上做起芳草梦，已经进入芳草地的大吴和雯雯很快就犯困了，雯雯偎依在大吴的怀里，全然不顾车厢里的炎热，两个人酣然入睡。朱成碧似乎没有睡意，在昏暗的灯光下看书。我没话找话道：成碧你发现没有，爱情不仅能防冷，还能扛热，这么热的车厢，大吴和雯雯还能拥着睡，你看我，汗水把背心都湿透了。朱成碧看看雯雯的额头，雯雯额头很光洁，不见一点汗珠，就点点头道：他们是真睡，心静自然凉。我听出朱成碧的弦外之音，好像是我心不静，在胡思乱想什么。我想既然你这么说，我就将计就计，碰一碰你这高傲的白雪公主。我假装瞌睡，把头歪向朱成碧的肩头，这一次，成碧没有躲避，但她的肩很瘦削，硌疼了我的太阳穴，我不得不摆正自己的头，我发现朱成碧不是一块冰，她看重的是一个淑女的自尊。我正在假寐，忽听朱成碧大声说：你怎么能偷人家东西？！我睁眼一看，见邻座一个光头正恶狠狠地盯着朱成碧。我问：怎么了？朱成碧指着光头说，他是小偷！原来，光头趁邻座一个大嫂睡觉时，偷了大嫂的钱包。我问，你看清了？成碧点点头。大嫂也醒了，成碧告诉她钱包被这个人偷了，大嫂慌了神，摸腰里的钱包，果然不见了。大嫂扯着光头的衣服要钱包，光头张开两臂，说捉贼捉赃，你搜吧。大嫂呼喊着叫乘警，光头却挣开大嫂，冲到朱成碧面前，低声吼道：你说我是小偷？朱成碧毫不畏惧，站起身说，你偷她的钱包，我看见了。光点头说，你搜呀，搜不出来我捏死你！这一切来得太突然了，我还没有缓过神儿来，心脏却狂跳不停。这时，大吴突然蹿起身，朝着光头的肚子就是一膝盖，这一膝，把光头顶得立马弯下了腰，接着大吴抓住光头的后腰带，一用力，把他掀趴在过道里。大吴没说一句话，猛然出手给朱成碧解了围。光头被大吴打蔫了，哎哟哎哟叫个不停，大吴却不罢休，用膝盖压住光头的后背，右手掐住他的脖颈，对一脸泪水的大嫂说：去叫乘警，把这个小偷铐起来！一车厢的乘客鼓起掌来，被惊醒的小栾心细，他发现光头的右手往腰间伸，便抢先一步掀开光头的上衣，搜出一把别在腰带上的匕首。乘警赶来，把光头铐起来，并在座椅底下找到了被光头丢掉的钱包，钱包不是皮夹，而用一块并不干净的手帕包着一沓钱，看来大嫂的生活并不宽裕。光头是惯偷，乘警认得他，没做什么笔录就把他押走了。光头被押走的时候，恶狠狠的眼光不去看打他的大吴，却死死盯住朱成碧，朱成碧下意识地抱住了我的右胳膊，我朝光头吼道：看啥看，等着蹲监狱吧！光头走后，大嫂对朱成碧和大吴感激不尽，坚持要给两人下跪，被大吴拦住了。原来，大嫂是卖了家里的猪，给在省城住院的丈夫送医药费，被偷的是救命钱，她说要是钱丢了，她就从火车上跳下去不活了。

西柏坡之行，让我反思的是为什么我当时没有像大吴那样挺身而出，当时有一句顶用的话也行啊，连一向胆小怕事的小栾都能冲上去搜出一把匕首来，而我当时什么也没有做，我不是害怕光头，我只是没有反应过来，这种事情我是第一次遇到，没有处理经验。我想，大吴的反应肯定是下意识的，他下意识地出手，这列车厢顿时成就了一个见义勇为的英雄，让我这个政治系的才子在朱成碧眼里大失脸面。好在朱成碧并没有埋怨我，她说自己也没顾得上害怕，看到小偷偷东西，下意识地就喊了起来，小偷被带走盯她时，她才感到害怕，光头的目光像寒冰一样直冒冷气，在闷热的车厢里她竟然打了个寒战。

没想到，本来水到渠成的爱情却在毕业前夕画上了句号。毕业分配时，我去了省府大院，朱成碧决定出国，我们的爱情劳燕分飞、无疾而终。

我们的关系结束在青年大街188号那家日本料理。那天朱成碧说，我们吃顿饭吧，祭奠一下我们八年的青春。这一次，我请你。朱成碧的声音有些颤，看得出来，她内心十分矛盾。

日本料理样样都似猫食，让人不忍伸筷。吃饭程序却十分烦琐，餐具也华而不实，面对一大堆小碟小碗我无所适从。

餐厅里的背景音乐是一个女子伤心的日语歌，声调哀怨，如泣如诉。我们的对话在这种音乐之声中开始。

出国就那么好吗？你是学历史的，研究历史在国内更有资源。

朱成碧拢了拢耳边长发，答非所问地说：那边有樱花。

很难想象樱花竟是她出国的理由，当时影院正在放映一部日本电影《樱》，在大学生中掀起一股东瀛热，朱成碧肯定是受了这部电影的影响。

我不能耽误你，尽管我们没有确立恋爱关系，你也从来没有明确表示你爱我，但有话还是说开好，省得将来彼此埋怨。过去的，就让它永远过去吧。朱成碧十分理智，她似乎想把过去的一切像一页书一样翻过去。

我的记忆快速倒带，很遗憾，我真的没有向朱成碧明确地表示过我爱她。我以为行动本身已经诠释了一种爱的事实，用不着多余的语言，看来我错了，女人把直接的表白看得比行动重要。当然，我不会在这样一个不当的时候再表白什么。

你不会嫁给日本人吧？

如果遇到高仓健那样的，会嫁。朱成碧毫不掩饰。

高仓健是一部日本电影《追捕》中的男主角，以冷峻、勇敢和豪情赢得了中国观众，别说朱成碧喜欢，就是男孩子也多以他为偶像。

官做大了，别忘了关照一下尹五羊。朱成碧说。

五羊现在是有钱人了，还用我关照？

五羊的心思不在赚钱上，他的志向是做伊尹，做高官的智囊，你将来也许会成就他。

朱成碧这话有点大，我虽然选择去省府大院，但仅仅是个科员而已，科员离高官还有十万八千里，怎么去成就五羊这离奇古怪的梦想？我之所以选择进省府大院，是因为大院里有很多参天古树，我从小喜欢古树大树，每每见到古树大树，都会情不自禁地停下来抚摩一下沧桑的树干，仰面看看或疏或密的枝叶，古树比人见证的东西要多，人们应该尊重它。

朱成碧请我吃饭的时候，我已经在省报发表了三篇文章，我特意带了报样想送给她。但朱成碧的一句话让我打消了这个念头。

我们系里有个来自西北的学生，发表了几篇小说，拿着杂志来追我，他的小说很酸，像浸过山西老陈醋。读那样的小说，还不如吃尹五羊的红烧河豚。

完了，我想，在朱成碧眼里，道德文章不如一道菜。

朱成碧说：还记得中学毕业时尹五羊说的那道菜吗？

我说：记得，叫西施乳。

对。尹五羊这家伙真会吊胃口，我常常想这道菜会是什么滋味。朱成碧的神情充满期待。

也许是五羊吹牛，这家伙说的西施乳我查过资料，根本不是一道菜，而是一款紫砂壶。我微微对五羊有点醋意。

不会吧，尹五羊对烹调不是一般的研究，八大菜系说得头头是道，西施乳肯定是他的绝活儿。朱成碧对尹五羊还是很了解。

我不想谈论尹五羊，我被一种分手的伤感所笼罩，半生不熟的日本料理令我反胃，便想早点结束这无法下咽的日本料理。那一天，我借去卫生间的机会，用尽身上所有的钱去前台付了账。付账的时候，我忽然心生一副对联：篆刻手段，金石心肠。在反复吟诵了几遍此联后，我心变得释然。

分手饭吃得彬彬有礼善始善终，相互间没有一句指责或抱怨。记得哪位名人说过一句话：爱她，就该给她自由，这一点我做到了，尽管我痴迷地爱着朱成碧，但我必须尊重她的选择。女人一旦去意已决，最好的选择就是为她把路让开。

朱成碧去了日本，在北九州读书，我们的联系像拉长的丝，一点点变细，后来就完全断了。我在省直机关和一位领导的女儿恋爱、结婚，再下派蓝城挂职、任职，直至主政蓝城，正如朱成碧所言，仕途的确很顺。

五羊接着说：成碧书法好，懂篆刻，我就请她刻了这个牌匾，过几天会从日本发来。我说不要因为是同学就不给人家润格,你现在是大老板,不能让人家白劳动。尹五羊说:你还是护着她,你对她那么好,为啥就分手了呢?我说都是过去的事了,不提了。尹五羊说:我在日本的店,成碧是钻石级贵宾,终生免费消费,你满意了吧?五羊又说:我开店不给你添麻烦,税不偷,货不假,但要请你帮个忙,帮我物色一个酒店经理。我马上想到酷似朱成碧的七喜。我说让七喜干吧。五羊问:七喜是谁?我说你去找大桩。就这样,七喜到腊头驿当了经理。

我请考核组长乔局吃饭,操办人当然就是七喜。

换届前夕,省委考核组来蓝城进行换届考核,考核组到达这天,依惯例市委书记或市长要出面搞一次宴请。但事不凑巧,那两天,市委书记老黄临时有要事去了京城,市长老孙到南方招商未归,宴请考核组的重担落在了我肩上。考核组组长姓乔,是个有板有眼的局级干部,他五十有四,年龄不算大,但过早地白了头,大伙都叫他乔老爷。在考核组下榻的招待所,与乔老爷并不熟悉的我提出要代表市委宴请考核组时,乔老爷不冷不热地说:不必搞些场面了,我们是有纪律的。一句话把我撂在了那里,乔老爷没说假话,换届考核的确有纪律,可是礼节性宴请已经是人人心知肚明的规矩,这个乔老爷竟然会油盐不进。

考核组在蓝城考核了一周，民主推荐、个别谈话、延伸考核，把蓝城政坛惹得风生水起、短信横飞。对于这次政府换届，身为市委副书记的我没有动过念头，因为换届前市委书记老黄在常委会上说过，省委领导已经打过招呼，本次换届是大局稳定，局部微调。什么是大局稳定？也就是说人大、政府、政协的三个巨头不会动，要动也是动动三个班子的副职或检法两长，这样才是局部微调。我分析过，三个班子一把手年龄尚未够线，不到一刀抹脖子的时候，别人着急也是干上火。至于我自己，因为还有两三届的余地，这次也就没什么盘算。

　　考核组和我谈话是在一个晴朗的下午。当时，我正在办公室看当时的《参考消息》，办公室窗外一棵老槐树上传来喳喳几声叫，抬头望，见一只喜鹊正在树权上筑巢，我心中一喜，好兆头！这时，内线电话响了，组织部通知我到招待所谈话。到招待所见到乔老爷，我有些拘谨，但乔老爷却很热情地和我握手，像是很熟悉一样，与上次拒绝我代表市委请他吃饭简直判若两人。乔老爷盯着我问了许多问题，尤其对市长老孙，乔老爷似乎格外感兴趣。我高度评价老孙，说他有能力、有魄力、会干敢干，能担重任。说心里话，我对市长老孙有些意见，老孙一门心思抓GDP，在预算方面对党群口是能减就减，弄得组宣纪工青妇像后娘养的孩子，吃了上顿没有下顿，但这是换届考核，不能把这些意见反映给考核组，身为副书记必须维护市委班子的团结。谈完话已是饭时，乔老爷说：老郑呀，蓝城有没有特色小吃？我有点受宠若惊，乔老爷主动提出吃饭出乎我的意料。我说请您一行去腊头驿吧，北大河边一个小店。乔老爷说：别人不去，就我俩。我很清楚，此种敏感情形下单独吃饭可是莫大的礼遇。晚上，我俩去了郊外的腊头驿。腊头驿包房少，一般需要事先预定，一旦有了政要巨贾预定，其他客人就不接了，原因很简单，一来大人物需要清静；二来厨师也忙不迭，因为腊头驿专门烹饪河豚。对这种有剧毒的鱼，烹饪需要慢工细活，桌一多，万一厨师乱了次序，是要出大事的。我事先给七喜打电话特意嘱咐，今晚的客人极端重要，要让厨师拿出点绝活来。

乔老爷一迈入腊头驿，两道眉毛便伸展如一对儿上翘的羊角。他问：你哪来的情报知道我喜欢吃河豚？我心里暗喜，没想到歪打正着撞上了乔老爷的痒痒肉。就说，乔局是潮州人，潮州可是出美食家的地方。我在如何称呼乔老爷上颇费了一番脑筋，老乔是局级巡视员，是虚职，称乔巡视员似有不妥，机关里都回避这个称谓，称组长吧，又太小，体现不出级别，心想还是称乔局为好，这样既表明了级别，又显示出一种尊重。乔老爷道：美食家我不配，可这乌狼的确是我的最爱。乌狼？我疑惑地重复了一句。乔局解释道：潮州人称河豚为乌狼，就像河北称河豚为腊头一样，这是方言差别。我想，七喜的腊头驿如果用潮州方言改成乌狼驿，恐怕就没人敢光顾了。一身白衣白裙的七喜把我俩迎进包房，还没坐下，乔老爷就盯着七喜道：好面熟呀，我们在哪里见过。乔老爷的口气不容商量，等于是一个结论。七喜的目光在乔老爷的脸上迟疑了片刻，附和着说：看领导也面熟。我知道，漂亮的女人总是让人似曾相识，乔老爷以为见过七喜这并不奇怪。

认识七喜其实很偶然。春节回灞县省亲，几个中学同学在酒馆里热聚，饭后觉得意犹未尽，几个同学非要拉我去歌厅唱歌，碍于情面，我不得不硬着头皮敷衍。这些同学还是当年的德行，尤其喜欢拿我和朱成碧那点糗事当下酒菜，全然不顾我的尴尬。也难怪，四十几号人，就我和朱成碧考上了大学，其他人最好的才读个大专，虽说同学们在灞县也算有头有脸，但与我和朱成碧相比，还是有差距，我是蓝城的副书记，朱成碧在日本定居，两人自然是露头橡子出头鸟，大伙不拿我俩开涮还能涮谁？饭前我提议到五羊饭店吃饭，也好拾拾当年的回忆，可大伙说五羊饭店的河豚都吃腻了，还是换换口味吧。好在尹五羊不在灞县，大桩说尹五羊去日本过年了，趁他不在灞县我们换换口味，但单还要他回来买。我说让五羊出血是对的，谁叫他是大老板了。

我们去的那家歌厅是量贩式自助歌厅，没有小姐陪唱，这是我答应去歌厅的条件。大桩是我在灞县的死党，我一回来，大桩就成了我的专职跟班。我知道大桩除了好喝几杯外，没有其他恶习，对他就比较信任。那天，一身白衣白裙的歌厅领班七喜走进包房，为大伙点歌服务。开始我并没注意七喜，看到同学都唱流行歌曲，左一首《纤夫的爱》，右一首《迟来的爱》，唱得都不赖，我要是也唱这些流行歌曲，还真唱不过这些老同学，就索性来个花样，剑走偏锋。我点了一曲越剧《天上掉下个林妹妹》，点歌时，七喜怪怪地看了我一眼。我随着乐曲唱起时，包房里安静异常，同学们都静静地听我唱，连一直在张罗着喝啤酒的大桩也端着杯子停在那里。他们了解我的底细，了解我走过的每一步，但没有一个人知道我会唱这种南方的越剧。歌毕，大伙热烈鼓掌，负责点歌的七喜也面呈微笑跟着鼓掌。大桩放下酒杯问：远桥啥时学的这一手？深藏不露啊！我摆摆手道：瞎唱，跟电视学的。大桩这一问，问到了我的软肋上。朱成碧喜欢唱越剧，这一点中学同学毫不知情，她是在大学时才显露这一特长。

大伙接着唱歌，我点燃一支烟，眯着眼看这些往日同学的表演。刘彪是当年的体委，也是班里的帅哥，当时迷倒了一片女同学，现在竟然有些秃顶，低垂的眼袋似乎储满了流不尽的泪水。刘彪在县接待办工作，整日送往迎来，过度的酒精侵蚀了他的身体，帅哥风度蜕化殆尽。总是争抢麦克的是马小红，在县信访办当科长，当年班里的文艺委员。

有段时间马小红喜欢上了尹五羊，给他写了一封信，这事是马小红自己说出来的，她对自己拿下其貌不扬的尹五羊信心十足。但尹五羊接到信后，不做任何表示，好像没事一样。后来，马小红向他讨要这封信，他说把信弄丢了。惹得马小红和他翻了脸。我曾问过五羊这信上都写了什么，五羊却守口如瓶，不泄露半个字。我说你为啥不给马小红回复？他说不能回复，他不喜欢马小红，怕伤了她，想就那么没事一样忘掉算了。马小红后来嫁给了一个地产开发商，据说这个搞房地产的老公嗜好赌博，欠了无数赌债，为了免受牵连，两人只好离婚。离异后的马小红开始发胖，但并不臃肿，浑身的脂肪都集中在了应该隆起的地方，她的歌悲摧无限，听得同学们心酸不已。坐在角落里一杯接一杯喝酒的是丁喜发，这是一个心事重重的人，同学都称他发哥，他本来在县纺织厂当书记，也是可以披着大衣上班的人物，谁知企业改制，他一夜之间没处当书记了，在家里憋了一年后被大桩介绍到交警队当协警，协警又叫二警察，是警察里的帮办，好歹也穿一身不伦不类的警服，挺能唬人的。其他几个同学我只记住了姓和绰号，至于全名怎么想也想不起来，他们都在办公司做生意，凭穿戴就知道腰里不会少钞票。

那天七喜也唱了段越剧，是《西施断缆》中的一段。听到那个曲目，我像冷水洗了一把脸顿时精神起来，上下打量了一番这个年轻女子。越看越觉着眼熟。七喜唱的是"舍身去，离家园"那段戏，唱腔专业，没经过专业培训，腔调不会那么婉转。我听得投入，两眼一直没有离开七喜的侧脸。对面橘黄色的壁灯，把七喜唱歌的侧脸幻化出一个金色的剪影，连蓬松的头发都成了金色。我猛然意识到：这不是朱成碧吗？我几乎叫出声来，朱成碧何时来到了现场？

七喜过来倒茶，倒得很慢。我问她是搞戏曲专业的吧？她说是省戏校毕业的，因为市县一级的剧团大都黄了，没找到工作，就到歌厅打工。我又问：在戏校专攻越剧？七喜说自己主攻的是评剧，越剧只是选修。我问：将来想做什么？唱戏吗？七喜说：唱戏没前途，自己正在进修酒店管理，将来有机会想做做酒店管理工作。七喜的话我记住了，这个酷似朱成碧的女孩落落大方，凭直觉我认为她会有前途。散场后我对大桩说：了解一下七喜的情况，这样的人才在歌厅打工可惜了，我想给她介绍个像样的工作。大桩道：活儿我可以干，就怕你家那高干家庭出身的嫂子，她要是怪罪下来，我没法交代。我推了他一把：你小子想哪儿去了？两天后大桩打来电话，说七喜的确是良家女孩，父母都是工人，她在歌厅当领班，从不陪唱，那天能给您唱一曲《西施断缆》，是好大的面子。我相信大桩的话不含水分，就默默记住了这个酷似朱成碧的七喜。偏巧，五羊让我推荐腊头驿经理，我自然想到了七喜。

　　碧绿的明前龙井一沏，并不大的包房里便弥漫起一股奶香，这是优质龙井茶的特征，我一直怀疑茶农在炒茶时加了牛奶，否则，本是植物的茶叶怎么会有一种动物的味道。我递过一支烟，乔老爷摆摆手拒绝了。他打了个哈欠，揉了揉太阳穴说：考核干部这活儿真是熬心血，脑子都熬成了一桶糨糊，唉，换届换届，一桶糨糊，糨糊一桶！真该早出来透透气。我说招待所的伙食都是大路菜，吃一顿两顿尚可，天天吃就折磨胃了。乔老爷道：不瞒你说老郑，我这是第二次出来，第一次是老黄请，他是市委书记，我不好不出来，今天是我主动要你请，因为刚到蓝城那天我拒绝了你的宴请，心里一直欠着账，今天就算还账了。我狡黠地笑笑问：不对吧乔局，孙市长没请过您？乔老爷停顿了片刻，端起茶杯凑在嘴边吹了吹浮茶道：老孙忙，一市之长嘛，哪能不忙？那天谈话，四十分钟他接了七个电话，我们考核组的一个同志给他数着呢。我点点头，蓝城经济不发达，市长压力大，没安排吃饭也可以理解。

菜上来了，有清炖河豚、凉拌河豚皮、生河豚片和红烧河豚，另外还有一盘河豚馅水饺。我要了一瓶陈年女儿红，边吃边聊。我发现乔老爷很豪爽，如果不听口音很难看出他是南方人。他原来在空军工作，四年前从师职岗位转业来到省委机关，在省直机关一个部门任巡视员。他告诉我，换届的事情虽然大政方针已定，但天下之事没有什么是一成不变的，事在人为，比如干部摆布吧，现在的政策是越来越重视民意，群众认不认可很重要，你就是有天大的本事，群众不买你的账，你也入不了围。乔老爷还讲了个故事：说早年间有个大户人家，大小老婆同时生产，各生一子，老大和老二相差一个时辰，算命先生说，正房生的儿子是王侯之命，偏房生的则命里注定有乞丐之虞。家人对两个孩子的态度由此一热一冷，老大从此养尊处优，处处受宠，老二则无人搭理，事事遭受白眼。偏房于是告诫儿子，一定要头悬梁锥刺股，好好学习，将来不当乞丐，这个乞丐命的儿子憋着一口气发奋读书，与其他纨绔子弟截然两路。后来，老大因吃喝嫖赌耗尽家业，不但没当成什么王侯，反而贫困潦倒成了乞丐，而老二却金榜题名，官至尚书，成就了一番事业。我听出乔老爷话里有话，就说：有道理，人生只要发奋图强，命运也是可以改变的。话说到这个程度，我和乔局举杯共饮了一杯。女儿红口感极佳，醇厚中有一丝清爽，喝这等好酒如同与美人对话，令人心头云蒸霞蔚。乔老爷说：老郑啊，这个七喜经理看上去很有品位啊。乔老爷在说这话时，夹起一块河豚皮，却没有入口，而是停在眼前等着我回话。我没有直接回答，朝外面喊了一声：七喜！门外脆脆地应了一声，七喜推门进来。我说：七喜呀，领导正夸你的人和菜呢，敬杯酒吧。七喜很有分寸地点点头，挨着乔老爷坐下来，其实，虽然是我和乔老爷两个人吃饭，但餐台上却摆了三套餐具，乔老爷早就看到了这个细节。乔老爷把那块河豚皮投进嘴里，一种胶质研磨的声音从嘴里传出来，如同咀嚼海蜇。待这种研磨之声弱下去，七喜斟满酒，举杯说：感谢两位领导光临小小的腊头驿，我代表五羊集团敬两位领导一杯。乔老爷端着杯说：小有小的精致，眼界别开啊。我知道乔老爷这话是真话，如此雅致的氛围，女儿红、河豚、可人的七喜，哪一个食客不陶醉其中？三人都干了杯中酒，再斟，一瓶酒已经见底。我问：再喝一瓶吧，乔局。乔老爷很绅士地说：喝不喝要看这位七喜经理。七喜拍了拍手掌，一个服务员推门进来，七喜吩咐再拿两瓶酒。服务员走了，乔老爷却怔了怔，他盯着七喜问：两瓶？七喜莞尔一笑：好事成双嘛。乔老爷再看看我，我说乔局，我虽然酒量不大，可也是一条慷慨汉子，喝！乔老爷毕竟是飞行员出身，军人的血性不减当年，看七喜如此豪气，一腔军人的热血顿时涌动起来，目光变得神采奕奕。但他表面上不动声色，故作轻描淡写地说：有道是客随主便嘛，不过老郑我要多句话，这酒钱可不能让人家七喜出，今天是你请客。我没想到乔老爷这样会送人情，就哈哈一笑道：我出，别说两瓶，就是十瓶我也出。

　　酒至三瓶，七喜和乔老爷已经谈得很熟了，原来，七喜在戏校上学时，学校曾组织学生到乔老爷所在的部队慰问演出，乔老爷的面熟自然也不是杜撰了。乔老爷问：你是评剧演员，可我记得你们到部队唱的是越剧，是西施。七喜点点，乔局的记性真好！越剧是我们的选修课，我们不少同学专门去杭州小百花实习过。乔老爷来了兴致：我虽是潮州人，却也喜欢越剧，可否唱一段让我们饱饱耳福。七喜的两颊洋溢着两抹酒红，她看一眼我，在得到我肯定的目光后，她说清唱一曲可以，但有个要求，不知乔局给不给面子？乔老爷眯着眼看七喜会提什么条件，他没说行或不行，他要等对方提出条件后再做答复。七喜说：如果我清唱一曲助兴，那么请两位领导再上两瓶酒怎样？乔老爷把目光转向我，似乎在问，你老郑是否带足了酒钱？我说：干脆，再上三瓶，我们也图个六六大顺！七喜兴奋地说：好，那我就唱了。我和乔局鼓起掌来，七喜站起身，站成丁字步，右手兰花指在面前轻轻划了个弧度，一双眸子顿时被擦亮了：

范郎本是英雄汉

为何今日失了常

莫非他

难使大王改主张

......

七喜唱的是《西施断缆》中西施那段名唱，这曾叫无数戏迷潸然泪下的唱词悲戚婉转，拨人心弦。我几次听过七喜唱这段越剧，每一次心里都充满了一种无奈的悲壮。乔老爷听得入迷，右手的食指轻扣桌面，为七喜打着拍子。一曲唱毕，两人谁也没有说话，似乎都在体会唱词中的含义。还是七喜打破了宁静，用新上的酒斟满了三杯，然后说：献丑了。说完，徐徐地干了一个满杯。我俩见七喜喝了个满杯，方意识到刚才的失礼，便快速地端起杯，相互示意了一下，然后一饮而尽。

我感到酒力有些失控，问：还有菜吗？七喜笑着说：美味要在最后品尝。我说：喝多了，再好的菜也吃不出滋味了。七喜纠正说：郑书记这话虽然有道理，但也不全对，其实你们当领导的什么山珍海味没吃过，说美味在最后，强调的是一个等字，等的过程，是一个期待的过程，很多事情，过程比结果重要。我没有接话，低头轻轻喝了一口汤。乔老爷并不糊涂，他问：河豚能吃的都上齐了，还有什么压轴菜？七喜说您等等，我亲自去端这道菜。说完起身去了后厨。乔老爷说：老郑，这个七喜好酒量，爽快干练。我说七喜是五羊集团的骨干，酒店管理方面的行家。乔老爷用湿巾擦了擦下颌，颇有感触地说：人才呀，越剧名角开腊头驿，可惜。我附和道：市场是双魔幻手，常常改变人生的走向，据说当年那个扮演杨子荣的京剧名角也在上海开小饭店。乔老爷点点头道：此一时，彼一时。他似乎还没说完，七喜端着一个硕大的骨瓷平盘进来，小心地摆上餐桌中央，对乔老爷说：请领导品尝。细看，盘中是蚕豆状的东西，雪糕一样白嫩，一缕蒸气飘开来，托出一股不安分的鲜味。我和乔局小心翼翼地夹起一粒来吃，乍入口，这膏状的东西便豆腐脑一样化了，像热雪糕，又像咸味奶油，感觉美妙绝伦。乔老爷大叫好吃，问：这么好吃的美味，肯定和腊头有关吧？

聪明！七喜说，乔局果然有学问。这是腊头的鱼白，只有雄性腊头在特定季节里才会有，乔局有口福呀，七喜说。

乔老爷问：这菜叫什么名字？

七喜说：一个很美丽的名字，西施乳。

西施乳？我心里一震，这难道是尹五羊说的西施乳！我专注地盯着这盘西施乳，似乎这菜里藏着什么秘密一样。乔局连吃几口，美美地品味着，感慨道：难怪古人有拼死吃河豚一说，原来奥秘在此啊！

望着这盘西施乳，不由得我就想起了朱成碧，记得尹五羊许诺要请我和朱成碧吃这道天下第一鲜，现在，这道名菜就摆在桌上，我却无法与朱成碧分享，心中不免生出一种物是人非的凄凉。

佳肴不负美酒。乔老爷很兴奋，酒喝得开心，开始反客为主，一杯接一杯劝酒，把我喝得头重脚轻起来，乔老爷也不难为我，只是看紧了七喜的酒杯。七喜并不拒绝，喝态优雅，每次干杯后七喜会把空杯持平，嗯一声让对方看个清楚。我有些坐不住了，借口去洗手间到外面透风。走出屋外，站在河堤上深呼吸了几口，色彩凝重的河水没有一丝波澜，像石油一样缓缓地流着，西施乳，西施乳，我脑子里一直在回响刚才七喜的话，感到头涨胃涌，筋酥腿软，便靠住一棵柳树，心里开始埋怨尹五羊，这个鬼小子，腊头驿有西施乳却一直瞒着我。

我回来的时候，乔老爷已经走了。我问喝了多少？七喜说你出去后我又要了一瓶，一共七瓶。我心里一颤，这可是自己喝酒的纪录了。七喜虽然酒量不小，但女儿红后劲足、见风倒，她双颊灿若桃花，绾成发髻的头发有点乱，白色制服上衣搭在椅背上，条纹衬衣甚至多开了一个领扣。我不能再留，说今天要多谢你七喜，乔局开心不是装出来的。七喜看着窗外说：谢什么呢？我的职责而已。我说一道西施乳，多喝四瓶酒。七喜说：酒，只是一种介质，通过这种介质传递的其他东西才是正题，对了，乔局说了，你群众基础特别好，他很欣赏你。我愣了一下，笑笑说：因为我没有野心吧。

离开腊头驿时，走了几步，我停下来回头仔细端详朱成碧刻写的那块牌匾，模糊中，看到牌匾下分明站着朱成碧，定一定神儿再看，原来是一袭白衣的七喜。

换届考核结束，乔老爷临走时把我叫了去，他说：老郑啊，有朝一日别忘了再请我到腊头驿吃西施乳，七喜是个人才，有朝一日应该用。乔老爷连说了两个有朝一日，这让我很纳闷，又不便多问，就嘻嘻哈哈地答应了。

让蓝城上下没有想到的是，省委对蓝城政府人大换届的班子做了较大的调整，市长老孙按着七进八不进的原则本来还可以干三年，却突然调整到人大常委会当主任，新一届市长由我接任。市委书记老黄对我上来没有思想准备，眼看着自己的部下与自己平起平坐了，多少有些不自然。老黄城府深、心思重，让人琢磨不透他的喜好。我和他之间并无矛盾，但总像隔着一层纸，我当选市长后，试图想捅破这层纸，但老黄并不配合，始终保持一种戒备，我也不再做这种努力。我没有忘记乔老爷的嘱托，每年都请他来蓝城吃一回西施乳。至于七喜，被市政府秘书长李正调来担任接待处下属的东山宾馆总经理，也应了乔老爷所说的是人才，有朝一日该使用的建议。秘书长李正是我亲选的干部，像我肚子里的蛔虫，做什么事都能和我思路合拍，我视之如手足，许多难事要事都委托他去处理。七喜调走后尹五羊又派了个尖下颌的女孩子小青来掌管腊头驿，腊头驿的名气越来越大，许多省城的高官、老板都慕名而来，一尝美味。

日记四

　　2005 年 8 月 2 日，应尹五羊之约，赴金陵为其新店剪彩。五羊刚刚修缮过扬中的老宅，两扇朱门换成了加拿大红枫木材质，门前阶石用了胶东产的红色大理石，显出一种高贵。在此之前，五羊已经简单修过一次，这次算是大修。五羊说自己尽量低调，虽说德润身、富润屋，但凡事不能过，不能给邻里暴发户的感觉，把老宅弄得鹤立鸡群太张扬。五羊专门找工匠凿了两只汉白玉的马槽置于井旁，算是给九泉之下的爷爷一个交代。虽然我无暇去扬中参观老宅，但五羊描述的两扇朱门已经在我的脑海里旗帜一样鲜明了。晚饭后，夜笼秦淮，华灯争放，独自到街衢漫步，不想偶遇同来参加典礼的七喜。身在异地，邂逅相逢，与七喜择了一家小酒馆再行小酌。平生竟第一次酒后失忆。金陵之夜，颇为蹊跷，世间哪有如此巧合之事？

七喜是个不可多得的女孩子，尹五羊不止一次这样说。

他问：李正秘书长把七喜挖到东山宾馆是你的主意，对吧？我说：我的主意不敢当，但七喜当东山宾馆经理的确合适，李正请示过我，我没有理由不同意。

七喜由腊头驿被聘到市政府东山宾馆任经理后，果然如同乔局所预料的那样，的确是个人才，她把原本懒散亏损的一个事业单位打理得生机勃勃，风生水起，市政府公务接待在支出没有增加的前提下，提高了几个档次。秘书长李正不无得意地说：看来无论干什么事情，关键还在人。言外之意是他选七喜选对了人。我说七喜已经是五羊集团培养成型的人才，你是挖了五羊集团的墙脚。李正说，五羊集团再好也是私企，咱们东山宾馆可是响当当的事业单位。我笑了笑，李正这种说法代表着很多人的就业观，私企怎么了？尹五羊靠一把大勺起家，现在办起了响当当的跨国公司，能说人家比事业单位差吗？

依我和七喜的关系，如果七喜有事，她应该直接来找我，但奇怪的是她却托尹五羊来找我。

那是一个春寒料峭的午后，刚从日本回来的尹五羊打来电话，说要请我喝茶并有要事相求。既然尹五羊说是要事，我猜应该是难办的事，因为尹五羊每次都是请我吃饭，还没有什么事求过我。我说茶不用喝了，有什么事来办公室谈吧，我特意嘱咐他不许带礼物，包括他说的冻顶乌龙。尹五羊电话里嘿嘿笑了，道：远桥你能如此清廉，我放心了。我感觉尹五羊这话是站在一个比我高的台阶上所说，有种居高临下的味道，便揶揄他：五羊你真的成了我的老师了，学生记住你的话了。五羊在电话里喔喔了半天，才说囫囵了这样一句话：饵不能当饭，饭可以是饵。

尹五羊有时候说话很玄，需要我动好一会儿脑筋去琢磨。从五羊身上，我明白了为什么一个普通的职业会带一个"师"字，国人称之为师的并不多，很多职业收益颇丰，但只能以匠相称，而厨子偏偏就占了个"师"字，这是因为烹饪之道与为人处世之道的确有着血脉联系。

尹五羊如约而来。因为李正刚刚给市长们换了一套环保实木书柜，我的办公室在布局上与上次五羊来时有所改变，五羊进屋后没有落座，而是很认真地审视了我办公室一番，眉头忽然皱起来：远桥呀，你办公桌的位置摆得有问题，朝向不对，还是调整一下为好。我说你怎么去了几趟日本，回来变成风水先生了？他说你别不信，办公室的摆放有学问，还是调整一下为好。我说没那么多讲究。我心想，如果莫名其妙地摆弄办公桌的朝向，机关里肯定会有议论，我不能背一个迷信市长的名声。他说：要不我给你破破吧，你把左边的低平柜挪到右边去，从左侧进出。我的办公桌坐东朝西，放置电脑的低平柜在左侧，已经顺手习惯了，如果挪到右边去，会很不方便。我说算了吧，坐下来说说你的事，有什么要事找我？

尹五羊把两只背着的手扣到前面来，在沙发上坐下。我递给他一支烟，为他倒了一杯茶，等着他开口。五羊样子有点腼腆局促，两只手搓了搓，欲言又止。尹五羊是个万事不求人的主儿，会有什么事来找我呢？我说：你我之间有什么话就说吧，别不好意思。

是七喜托我来的。尹五羊说，七喜脸皮薄，不敢来找你，就托我来求你。

七喜有什么事？我很惊奇：七喜经常见到我，有什么事不能自己说，非要转个大圈麻烦你来找我。

七喜有个弟弟，去年大学毕业，是学道桥设计的，想进建筑设计院，可是没有门路，进不去。你当市长，应该是一句话的事。尹五羊说明了来意。说完，五羊递过一张简历来。

原来七喜的弟弟是东北林学院道桥专业的本科生，学业不错，但因为专业受限，就业面太窄，毕业快一年了，还没找到工作。尹五羊递来的是一份打印的简历，上面的照片特别面熟，小伙子眉宇之间有点朱成碧的模样。我问尹五羊：你说，七喜和朱成碧家没有亲戚关系吧？尹五羊摇摇头，道：应该没有，七喜是瀹县人，而朱成碧是杭州人，两家八竿子打不着。我看着简历上的照片，尽管是个男孩子，但那双眼睛太熟了，简直和朱成碧一样。尹五羊说：这孩子将来会有出息，男人女相，是大福大贵之相。不管尹五羊的话有没有道理，我感到自己还是很喜欢照片上这个小伙子。我说你把简历留下吧，我试试看。

当天，我给城建局长田奎打了个电话，交代了七喜弟弟的事。田奎问：是安排到局里还是下属单位？我想了想，说：这是你要考虑的事，我只是向你推荐个人才。田奎马上说：那就到设计院吧，市政建设有那么多道桥，他可以搞设计。

不出一周，七喜的弟弟到设计院上班了，并很快就设计了一个较大的市政工程。田奎来找我，说感谢我给他物色了个人才，原来市政道桥都是花钱请人设计，这回自己有了设计师，省心又省钱。

这是我当市长以来第一次公权私用，为了五羊，为了七喜，也为了某种感觉。尽管七喜的弟弟是个人才，但我还是为此而忐忑，埋怨尹五羊坏我从政的清白。尹五羊说，身为市长，在某些特定情形下为熟人谋一些方便是很正常的，只要不违规违纪，有些情面不开的官员，貌似正经，其实无非在演戏，怕耽误自己的前程，最起码动机不纯，六亲不认之人莫相交。尹五羊这一说，我心里倒是安慰了不少，加之七喜的弟弟也真争气，他设计的工程在省里还获了奖，我觉得给田奎打这个电话还是值的。

尹五羊在古都南京开了家新店，问我可不可以参加一下开业仪式，说南京方面市领导要出场。五羊特意说远桥别为难，你要是觉得工作忙或有什么影响就不勉强，我不能给你添乱子。我说参加个开业庆典有什么影响？市政府要大力支持蓝城的企业走出去，别说南京，你就是把五羊饭店开到纽约，我也去剪彩。尹五羊很高兴，说远桥你本质好，当多大官都不会变。

我没有带随从，和市委书记老黄打了个招呼，就一个人飞到南京。尹五羊让腊头驿的经理小青来接我，小青一双眼睛里闪耀着七彩光，空姐一样的装束尽显专业素养。她接过我的手提包，依偎着我的臂膀走出机场大厅。我想和她保持一点距离，但小青像我西装的一只袖子，随体贴切，不离不弃。我瞄一眼左右，如果大陆也像港台那样到处有狗仔队，说不定我的照片会上明天的蓝城晚报。小青安排我住秦淮河畔夫子庙附近的状元楼，一家并不招风的饭店。因为事先我和尹五羊打过招呼，要低调再低调，五羊按我的意见办了，找了这样一家小规模的宾馆。小青有些过意不去，说本来订好了一家五星级酒店的行政房，董事长又按您的吩咐给调了。我说不就是住一个晚上吗？一张单人床足矣！

金陵五羊饭店开业仪式和酒会结束后，我对五羊说要到夫子庙去走走，五羊问用不用派人陪你？我说难得清闲，你就给我放假吧。五羊说小心被秦淮名伎迷了。我开玩笑说：迷了好，就不用回牵肠挂肚的蓝城了。

在秦淮河畔的甬道上漫步，三三两两的游人逍遥闲适，没有人步履匆匆，也没有人高声喧哗，橘色河灯将金陵的夜色渲染得有些暧昧，令人不免想起河畔发生的万千故事。

河中有游船驶过，犁起的浪花扑到岸边，掀起哗哗的水声。忽然，前面一个女子身影牵住了我的目光，这身影很入眼，削肩、瘦腰，十九世纪法国贵妇人一般的线条，白色的装束像绿丛中的芍药一样醒目，欣赏这样的美女是一种难得的享受。在一处拐弯处，前面的白衣女子很优雅地转过身来，我愣住了，白衣女子竟然是七喜！

秦淮河畔巧遇七喜，我感到很意外，再一想，七喜来南京也合乎情理，她毕竟曾是五羊集团的职工，集团开新店，她以东山宾馆总经理的身份来捧场，说明七喜没有忘记培养她的五羊集团。

真巧！七喜说，看到您剪彩时神采了，很有范儿。您这个时候应该在酒桌上和南京方面的同行应酬才是，怎么到河边散步来了？

应景的酒会，礼节而已，时间再长也没意义。五羊没说你来。

到南京开店是五羊集团的一件大事，我虽不在集团工作了，但对集团感情还是很深的，不用尹总请，我知道消息就主动来了，七喜解释道。七喜也住在状元楼饭店，与我同一楼层，但七喜是自己订的房，没用小青安排。

我点点头，道：一起散散步吧。

我们沿着秦淮河岸边的长廊缓缓地走着，秦淮河的夜色像一个贵妇人在痴情吟唱，每一盏迷离的灯都是一个音符，伴着悠悠河水在流淌，如同一轮轮江月，穿越唐宋元明清，映照今夜的有心人。有人说过，在秦淮河边漫步，每一个游人都会怀着一种秘不可宣的期待，那就是某种邂逅某种艳遇，这种感觉不是凭空产生的，也不是不着边际的奇思妙想，因为在这流淌着胭脂的河水边，只要你还有一丝想象力，就不容你不想入非非，那些历史上的秦淮名伎，不仅让文人士大夫梦萦魂牵，还让一个民族为之纠结。

河边欣赏夜色的人变得多起来，摩肩接踵，显得有些嘈杂。

这样的环境，应该静静坐下来才好，七喜说。我点点头：好，那就找个喝茶的地方坐坐吧。

在江南贡院附近，我们看到了一个小酒馆，门口挂着一个黑底白字的牌子：河豚三吃。

五羊有竞争对手了，我指着牌子说，这里是家河豚馆。我和七喜停下脚步，看着河豚三吃的牌子，不由得想起了腊头驿。

进去看看吧，七喜说，晚上的宴会肯定没吃好，可以再吃点夜宵。

七喜说得在理，我在晚宴上没吃什么，只是礼节性地喝了点酒，宾主双方该进行的程序走完，果盘一上，宴会也就接近尾声了，满桌子菜肴几乎原样摆放着，这个时候，不会有哪个贵宾还会伏在盘子上吃东西。场面上的应酬一概如此，作为东山宾馆经理，七喜对此了如指掌。

酒馆里很雅致，狭长一个空间里，布置了一组组火车座般的餐桌，餐桌与餐桌之间由高高的靠背隔开，强化了私密性。我和七喜选择了一处靠里面的座位相对而坐，感觉像是在旅行，很惬意。餐馆背景音乐正播放着那首《祝你一路平安》的曲子，声不大，却十分清晰。餐馆老板真有创意，我想，旅行的过程其实就是一个充满邂逅可能的过程，与秦淮河畔漫步的想入非非会产生某种共振。

想吃什么？七喜双手托腮望着我问。

我说：既然叫河豚三吃，我们就见识一下吧。

七喜抿嘴笑了笑，道：您这么爱吃河豚，是受尹总影响吧。

这是一个我从没有想过的问题，我愿意吃河豚吗？回答当然是肯定的，是受五羊影响吗？回答当然也是肯定的，因为第一次吃河豚就是五羊亲自下厨烧制的。我点点头道：你说的有道理，当年我们考上大学，尹五羊请我们吃饭，就是吃的河豚，那是有生以来第一次吃请，第一次，印象深、影响大。

我们？七喜一双明亮的眼睛望着我：还有谁也考上了大学？

我感到自己的脸庞忽然有热风掠过，装作不在意的样子说：一个同班同学。

七喜不再追问，叫来服务生点了河豚三吃，外加一份卤汁冷拼。

所谓河豚三吃，即生吃河豚、红烧河豚和河豚鱼骨汤。我以为会有西施乳那样的极品菜或软炸河豚肝那样毒中夺胜的惊险菜，可惜都没有，看来这个小酒馆无法和五羊饭店竞争。

穿着绿色短衫的服务生向我们推荐了一种当地的梅子酒，说来这里吃饭的人都喜欢喝，建议我们也尝尝，我们同意了。酒上来后，一尝，果然不错，酒味不是很浓，酒色泛着迷人的玫瑰红，品一品，酸中略带一丝甜意，因为冰过的缘故，这甜酸有着极快的渗透性，刚刚还在口中，瞬间便到心头，妙不可言。我注意到每一杯梅子酒中都有三粒杨梅，颜色枣红，像陈年玛瑙。

真的要感谢您，为我弟弟，让您费心了，很早就想请您，可是我人微言轻不敢请。七喜擎着梅子酒说。

你弟弟是个人才，要说感谢，我和田奎应该感谢你，为蓝城城建系统引进了一个有前途的工程师。

七喜摇摇头说：人才只有使用才有价值，没人用他，他就是一个待业大学生。

好了，不说这些，我们喝酒。我岔开话题举杯道：为五羊饭店落户六朝古都，干杯！

我轻轻抿了一口，正在体会这梅子酒奇特的酒香，七喜却干了杯中的酒，杯中只剩下三粒梅子。我估计这一杯应该不少于一百五十毫升。

你怎么干了？七喜这样喝吓了我一跳。

不是您提议干杯吗？难道是我听错了？七喜睁着一双美丽的大眼睛望着我，眼神中充满疑惑，似乎对我提问感到很意外。

我暗暗叫苦，酒桌上的干杯只是一种礼仪性提法，并不是真要干杯，七喜对此不能不清楚，可她假戏真做，把我逼得没了退路。七喜说：领导可以不干，健康要紧，都怪我以为两个人吃饭，不是官场应酬，把您的话当真了。

七喜这样一说，我有些不好意思，尽管我很清楚这是七喜的激将法，我还是把满满一杯梅子酒喝了，不仅喝干了酒，还把杯中三个梅子吃了，我感觉酒泡的梅子酒味特大，比酒还浓。

七喜又要了两杯，然后两手托腮，很专注地看着我的眼睛问：您说过，我像一个人。

七喜还记得我们相识时的那句话。我点点头说：你很像我一个同学，特像，包括你的歌声，我甚至怀疑你们是不是姊妹。当然，我问过大桩，你们之间没有任何关系。我很清楚尹五羊或大桩应该和她说过她像谁，再说，承认这一点也没有什么。

七喜放低了目光，点点头说，我早就知道了，你那个同学很优秀，我比不上。

你们怎么能相比？这是两码事。我端起杯，来，我们喝酒。

七喜马上恢复了状态，调皮地问：这回怎么喝呢？

我被七喜激起了斗志，想这梅子酒无非果酒，不像白酒那样烈，以我的酒量喝个五杯六杯应该不在话下，就应战道：当然干杯了，我们举杯相碰，一饮而尽，我不仅喝光了酒，而且又吃了杯中的三粒梅子。七喜喝了酒，没有吃梅子，她问：这梅子不在干杯之列吧？我点点头，说：你不把旧的吃掉，服务生下一杯就不会给您添新的，杯中酒只能是旧梅泡新酒。

你这么说我倒想起一件事，爸爸喜欢京戏，尤其喜欢刘长瑜扮演的铁梅，就给我起了个带梅的名字，我乳名因此叫七梅。上学时，妈妈在给我报名时给改了，妈妈信佛，她说七梅不如七喜。

七喜比七梅好听，你妈妈改得好，七喜有禅意在其中，文化底蕴深厚，七梅，恐怕真要泡酒喝了。我很少开玩笑，但这样的环境，充满旅途邂逅的意味，太严肃了倒显得不协调。

我问七喜：你在腊头驿工作时五羊对你怎么样？我这个同学在员工心目中能打多少分？

尹总本身就是一个传奇。七喜说，员工给他起了个绰号，叫他罗汉老总，就是说他好善乐施，愿意帮助别人，我感觉尹总是一个特别注重成就感的企业家，他的成就感来自两方面，一个是五羊集团滚雪球一样发展壮大，另一个就是影响别人、成就别人，尤其是后者，他给我们开会时总是讲古代的伊尹，讲伊尹用烹饪之道教商汤治国，由此可以看出，尹总的理想绝非局限于三尺灶台，他胸有鸿鹄之志。

七喜看问题如此深刻出乎我的意料，我虽了解五羊，却没有研究过他的成就感。

我说你可能不知道，尹五羊是个有追求的人，他还有一个当导演的梦想，他说最自豪的事就是作为观众在台下看自己导演的戏一幕幕演出，这是五羊亲口对我说的。

七喜睁大了眼睛，好奇地问：尹总想进军演艺界？

他哪里是导戏？他说决定钱的命运和决定人的命运感觉是不一样的。

七喜说：尹总还真有艺术细胞，真要当导演不会差，对了，尹总喜欢欣赏越剧，我帮他买过许多越剧的 CD 呢。

我吃了一惊，五羊能欣赏越剧？他怎么从没有在我面前提起过？看来五羊还是深藏不露。

说真话，我曾经恨过尹总，但很快就由恨变成了感恩。七喜不好意思地笑了笑，看着眼前的杯子说，很矛盾吧？

五羊得罪过你？我觉得很奇怪，五羊虽然八面玲珑，但绝对是个好人，七喜怎么会恨他？

这都因为你。七喜说。

因为我？我更加不解。

是的，为了你，尹总和我谈过一次，说你情感上很不如意，有一份久蓄于心的苦楚，因为一个你深爱的女同学离你而去，说我很像那个女同学，说你也对我感兴趣，希望我能给您一点慰藉，这样，他心里会好受一些。我知道，你们是兄弟，他一切都为你着想，可是我呢？我成了什么？后来，我发现你是人中君子，既不贪财又不恋色，而尹总也不是为富不仁的老板，就理解了他的好意。

胡闹！五羊怎么能这样做！我感到如芒在背。

七喜按住我正要拍案的右手，往吧台处使了个眼色，提示我这是饭店。

我平静下来，抱歉地说：七喜，让你受委屈了，五羊这是好心办蠢事，心中的东西是能随便置换的吗？我是已婚之人，如果有非分之想，不仅党纪国法所不容，而且道德伦理也不许呀！

五羊还想当导演，就是当上了也是个三脚猫导演，只会导闹剧！这是七喜把话说开了，要是七喜不说，我会永远被蒙在鼓里。越想越气，我端起桌上第三杯酒，一口喝了下去。喝完后用食指敲着桌子说，要是尹五羊在这儿，我罚他喝三杯。

你不要怪尹总了，如果要罚，我替他受罚吧。说完，七喜叫来服务生要了三杯梅子酒，服务员用托盘端过来。我说：给我也来三杯！服务生很惊奇地看着我，问：先生，再要三杯吗？

当然，我说。

七喜很有节奏地喝了三杯梅子酒，眼角有亮晶晶泪珠落下来。我说你没错，凭什么替他喝？然后把她三个空杯拿过来，将九粒梅子一枚枚吃下去，感觉像是嚼槟榔。

我没有完成尹总给我的任务，我无能。七喜说。

这算什么鬼任务？你不用惭愧，你要是真的完成了任务，我郑远桥岂不成了寡廉鲜耻的小人。

七喜破涕为笑。很羞涩地小声道：理是这么个理儿，但反过来看，也说明我在您心目中连立锥之地都没有啊，这对一个女人来说，才是最大的悲哀。不过，我还要感谢您，是您让我的人生由黑白变成了彩色。

服务生端来三杯梅子酒，站在那里小声问：先生，您的酒来了。

看着桌上的三个满杯和七喜面前的三个空杯，我把六只杯子一对儿一对儿排在一起，然后，依次端杯喝了三杯酒，每饮一杯，都有滋有味地把杯中三粒梅子咀嚼一番吃下去。

站在过道里端着空盘的服务生惊奇地看着这一切，她看我吃掉了第三杯中的梅子后，走过来弯腰说：先生不是本地人吧？酒泡过的梅子要少吃，一粒梅子比过二两酒呢。

服务生一句话，我的腿脚立马就有了酥软的感觉，再看眼前面若桃花的七喜变得有些重影，正甜甜地望着我。

回饭店吧，我对七喜说，不能再喝了，没想到这梅子是深水炸弹啊。

回去的路有点麻烦，感到周围的一切都在晃，我努力保持着平衡，七喜想搀我，被我轻轻推开了，我说没事，醉眼看金陵，别有一番滋味。

好在小酒馆离状元楼饭店不远，我蹒跚着回到酒店，但在开房门时，却怎么也插不准房卡，还是七喜拿过房卡帮我打开了房门，扶我坐到沙发上。我说，你回房间吧七喜，我没事。

七喜没有说话，帮我烧水，沏了一杯绿茶，然后在我对面坐下，微笑着说：看来，您的酒量不如我。

我摇摇头，一粒梅子二两酒，我是吃梅子吃醉的，与酒无关。

我吃下的十几粒梅子开始发力，大脑反应有些迟钝，七喜看上去也有些醉意，她总是微微在笑，也不知为什么笑。七喜端着一杯茶，但并不喝，只是轻轻地吹杯中的茶水。她头也不抬地问我：知道女孩子为什么会喜欢您吗？

我虽然酒醉，但这话值得警惕，我马上否定道：谁说女孩子喜欢我，没有根据嘛。在否定七喜说法的同时，我忽然感到很委屈，我想到了朱成碧，朱成碧就不喜欢我，要是喜欢我为什么去日本？

七喜说：腊头驿的小青经理特别喜欢你，她说你是她见过的最有魅力的领导。我苦笑了一下，小青那张狐媚脸我真的不喜欢，今天接站时那份殷勤让我身上粘了高粱饴一样很不舒服。

她喜欢我也许因为我是市长吧，但这并不重要，重要的是你怎么看？我问。

七喜说：您有定力，打个比方吧，一个人明明饥肠辘辘，却对送上来的一桌美味佳肴无动于衷，这恐怕就是古代的柳下惠的定力，您和柳下惠有一比。

我笑了笑道：我饥肠辘辘？五羊说的吧？五羊什么都好，就是喜欢乱操心。

七喜摇摇头，她的头发很美，呈深棕色，梳着翻翘短发，摇头时头发像裙摆一样飘逸。

我虽然不漂亮，但我能感觉到很多有身份的人对我好，他们到东山宾馆吃饭时，饭前酒后我能从他们的目光中读懂他们的心思，包括一些位高权重的市级领导。七喜停顿了一下接着说，可是您就不同了，您看我的目光亲切而坦荡，像一篇干净的文章，没有情色描写。

我觉得七喜的感觉很正确，我对七喜的确没有私心杂念，充其量是一种对美的欣赏，心中纯洁目光自然干净。

为了拒绝这些好感，我得罪了许多人，有领导说我不识抬举。七喜的眼圈有些红，尽管屋内灯光柔和，但我还是发现七喜神情上的变化。我想起身给她拿点纸巾，但腿已经不听大脑的指令，十几粒梅子完全扰乱了我的方寸，我担心自己起身后会踉踉跄跄在七喜面前出丑，就靠在沙发上说：七喜你喝茶，要是不喝就把茶杯放下，小心茶水溅了你的裙子。七喜白衣白裙，手里端着一杯茶，茶杯不稳，轻轻地在摇动。茶水随时会摇出来。

看到七喜放下茶杯，我前倾了一下身体说：其实，你换个角度想问题，就不会伤心了，别人注意你，你该高兴才是，如果机关的领导到东山宾馆接待，对你视而不见，你岂不成了保洁的大姐？

七喜又一次破涕为笑，嗔怪地瞥了我一眼。

和一个令人心仪的女子在一起，时光过得飞快，我们的漫谈如淙淙小溪，不知流向何处。记得我们谈到了吃河豚的话题，谈了西施乳，谈了越剧，我都说了些什么已经记不得了，但记得我对七喜说了这样一句话：知道为什么爱吃河豚吗？因为每次吃河豚都有一种出轨的感觉。

这是突然萌生的灵感，在说完这句话后，我在沙发上睡着了。

这一夜，我睡得好辛苦，奇怪的梦魇一直纠缠着我，我看到朱成碧站在一条小河的另一边，穿着米色的风衣，在瑟瑟秋风里望着我，她的皮肤还是瓷一般白而透明，线条优美，长发飘逸。我呼唤她的名字，她不回答，只是斜着眼睛看我。我大声喊：给我一个理由，为什么？朱成碧不说话，却抬手指了指我的身旁，我扭头一看，朱成碧分明站在身边，我猛然抱着她，感受着她咚咚的心跳，生怕她离我而去。

次日一早，尹五羊、小青赶来陪我吃早餐，七喜也在餐厅等着。小青很机警地看着我一双略显浮肿的眼睛，目光像X光一样在我和七喜身上扫来扫去。尹五羊问我休息得怎样，我说南京这一趟，你五羊的新店我没记住，我倒是刻骨铭心记住了一样东西。五羊问是什么？我看看七喜那头两侧翘起的栗色头发，很沉重地说出两个字：

梅子。

日记五

　　2006 年最后一个夜晚，全市财政决算数据出来，蓝城财政破天荒结余 3000 万。市委书记老黄很兴奋，打电话说要喝几杯。老黄私下请我喝酒，如同蓝城财政实现结余一样，是开天辟地的大事。老黄城府如古井，井壁上似乎长满青苔，湿滑中泛着勃勃绿色，让人无法把握。我从内心里畏惧老黄，担心自己冷不丁会沿着这长满青苔的井壁滑到冰冷的深井里，这种畏惧是一种骨子里的震颤，如同马儿能感觉到草丛中狼的存在，兔儿能看到天空中盘旋的老鹰。谈及与老黄相处，尹五羊曾说要像熬制腊头汤，秘诀就是一个字：熬。火急了，肉硬汤寡，鲜味收敛不出；火慢了，肉碎汤厚，鲜味散发殆尽，只有不紧不慢的中火，才会熬出浓淡适度鲜美绝伦的极品腊头汤。

市委书记老黄走过十四个岗位，而且每个岗位都是一把手。除了工作之外，老黄最擅长的就是下棋，在楚河汉界上博弈厮杀。老黄棋艺不俗，与他对弈过的人普遍认为，与老黄下棋，走着走着就稀里糊涂跟着对方走了，初始棋步很顺，不知不觉中你会发现进路退路都被围堵，等待你的结果只能是举手投降。

李正曾私下说，黄书记如果给你出一个看似肯定的谜面，你要留心，很可能是个否定的谜底。我觉得李正这话不无道理。

与老黄相比，我单纯得像个学生——这话是尹五羊说的。

尹五羊曾经这样说：鸡肉好吃，鸡蛋也有营养，可是你不能鸡肉炒鸡蛋，那样是相克的。

我说我俩谁是鸡谁是蛋？

尹五羊便改口道：老黄是东非大草原上的雄狮，哪怕趴在那里酣睡，也不吼自威。你是一只隐身草丛或树枝上的猎豹，机敏智慧，无把握不会贸然出击。你们俩都能干事，但需要有一方在领地上做出让步。否则，丛林法则就发挥作用了。

我知道五羊此话的用意，与高手对弈，我不让步谁让步？

老黄人长得高大气派，皮肤黧黑，双目深陷，蒜头一样的鼻子鼻翼肥厚，头发自然微卷，看上去第一印象会令人联想到藏獒。但老黄身壮心细，工作喜欢一竿子插到底，以作风扎实深入闻名全市。正如尹五羊所说，老黄是个领地意识很强的人，他下基层，就像狮子在巡视领地，他在哪里讲话，就像狮子在哪里撒尿，都是在证明自己的存在，这一点如果意识不清会惹大麻烦，谁也不想去激怒一头狮子。老黄轻易不发脾气，他自己说过，发脾气是年轻人的专利，人一老，肝火便弱了，一般的小事情也就不要去计较了。但蓝城很多中层干部还是见识过老黄的脾气。那是一次招商引资座谈会，蓝城下辖的灞县因没有完成上半年招商任务而被他骂了个狗血喷头。灞县的陈县长刚刚上任，他原来在蓝城教育学院当院长，对经济工作不是很熟，也没有汇报数字方面的经验。不像有的县，一个项目没有，却信心满满地说签了多少协议，有了多少亿的协议投资额，让人听上去充满希望。
灞县这个陈县长没脱教育工作者的实诚，丁是丁卯是卯地核对数字，结果他汇报的数字与上面规定的指标相去甚远。这个会议我主持，我并没有过多批评陈县长，因为我知道其他市县并不比灞县强多少，只是这些县领导都是油锅里滚出的老油条，知道会上该怎么说话。但最后老黄讲话时，就不这么客气了，老黄讲话时，这个陈县长睁大了眼睛望着书记，像听课一样认真，老黄低头看稿时，他才匆匆在本子上记一下要点，老黄低头他低头，老黄抬头他抬头，这样，老黄就产生了错觉，这个陈县长不做会议记录。老黄当即把他喝令起来，问他为什么不记录？训斥他不记录回去怎么传达？难怪你们灞县招商引资工作那么个奶奶样，你一双眼睛睁得牛眼一样圆，你看见项目了吗？陈县长还没来得及辩解就被他撵出了会场。老黄这火发得有一些猛，让与会的县长区长局长们个个脖子后面冒凉气。会上，没有谁再敢不记录，更没有谁敢打瞌睡，只是那个陈县长成了蓝城的知名官员，政治前程被垒起一面棉花墙，任他怎么用力，都会被这软墙化解掉。事后，尹五羊给我打来电话，五羊说你知道陈县长为什么挨撵吗？我说谁让他死心眼呢？官场上的汇报不是做数学题，本来就是算计加估计。五羊说：事情没那么简单吧，那么多市县为什么偏偏批评灞县？而且一点面子都不留。我说五羊你没在会场，你从哪儿听到这些消息？五羊道：这个你别管。我笑了，道：你别以为我不知道，你五羊集团下属的每一家酒店，都是你的情报站。电话那头嘿嘿笑了。

说实话，老黄这种敢于批评的作风令我望尘莫及，我不认为这是老黄的缺点，四大班子如果都去唱红脸，那么白脸谁来唱？没了白脸这戏还能唱下去吗？所以我很钦佩老黄，也经常为他的严厉打圆场。省委组织部项部长曾提醒我，说团结出生产力、出干部，书记市长闹不团结，谁也不是赢家，结果往往是各挨五十大板。老黄是老同志，资历老，我没有理由不尊重他。我和老黄之间难免工作上有分歧，在许多问题上我不可能没有自己的观点，尤其当老黄对一件事已经心意已决而我又有不同意见的时候，我会处于两难的境地。说自己的意见吧，面子上有褶子，影响老黄的威信，不说吧，心里头有褶子，有不作为之嫌。我像个蹩脚的美容师面对一个满脸褶子的女人，很多时候都是束手无策。

我和老黄之间的不协调事出有因。

最初，问题出在常务副市长老柳身上。老柳是我的得力助手，在政府我发令他冲锋，奋不顾身敢打敢冲，是个彻头彻尾的忠臣。老黄因为老柳在城建市政公司改制方面推进迟缓，把老柳叫到办公室，问他为什么不重视市政公司的改制？老柳回答说，市政公司改制政府很重视，已经研究多次，但大伙的意见很难统一，大多数人认为现在改制条件不成熟，还是先放放再议。老黄说求稳怕乱思想耽误事，要有摸石头过河的改革精神。老柳性子直，说：能找到桥就没必要蹚水摸石头。这样一句话，让老黄心存芥蒂，认为老柳太保守，不能担当常务副市长的职务。据市委办孙克勤说，老黄找过省委组织部，建议把老柳交流到省直部门工作。本来已经运作得差不多了，结果却功败垂成，原因是省领导戴老发话了。戴老说老柳这个人像张飞，适合在野战部队，到省直机关是逼着张飞拿绣花针——难为他。戴老一句话，老黄的努力付诸东流。省里交流不了，老黄就想在蓝城内部交流老柳，他找到我，建议让老柳去政协，我几乎没加思索就表明了自己的意见：老柳工作很得力，我不同意换。我知道，老柳是在执行我的决定，我应该承担市政公司改制滞缓的责任，让老柳替我担责任有失公允。老黄看我态度坚决，就暂时搁置此事，但依老黄的性格此事肯定没完。老柳虽然保住了常务副市长的位子，但境遇却每况愈下，大会小会老黄总是要点点解放思想的事，有些场合话说得很重，比如在一次经济工作会议上，老黄在讲话中脱稿讲了这样一段话：说到解放思想，首先应该谁解放？是工人吗？不是；是农民吗？不是；是学生吗？更不是。我认为最应该解放思想的是各级领导干部，尤其是市一级的领导，解放思想要自上而下，以上率下。我们有的干部，推一下，走一步，这还算好的，有的是怎么推都不挪步，简直成了泥菩萨。老黄这段脱稿讲话引起干部们热议，纷纷猜测他指的是谁。老柳坐不住了，要找老黄去谈心，我阻止了他，我说黄书记点你名了吗？老柳说没有。我说那你找黄书记干吗？老柳气呼呼地说：我咽不下这口气。我说咽不下也得咽，黄书记讲的是共性问题，你自己对号入座，你这是没事找抽！这件事过去后，老柳处境愈加不好，开常委会，讨论任何议题老黄都不主动征求老柳的意见，书记不点名，老柳就很难发言，弄得老柳每次散会后都第一个离开会场。

后来，问题又出在李正身上。

市委秘书长隋世禄因年龄退二线，市委秘书长的位置一直空着。本来市委秘书长应该进常委班子，但因为蓝城市委常委指数少，上次换届时隋世禄超过了提名年龄，就没进班子。因为不进常委，有实力的县区书记、各大局长就没人来争秘书长这把椅子，这个位置就不咸不淡地空着。隋世禄与市委办的副主任孙克勤向来不睦，他在退休时对老黄说：孙克勤这个人左右逢源，有时候我分不出他属于东院还是西院。隋世禄的话让老黄变得警惕起来，就问他谁可以接任市委秘书长。隋世禄意外地推荐了李正，他说李正用脑子干活，是难得的智囊。正所谓人之将死，其言也善，隋世禄退休前的这个推荐，深深地影响了老黄，老黄开始关注李正，并萌生了想把李正调到东院的念头。令老黄没想到的是李正不愿意去东院，他婉拒了老黄。此事李正没提，老黄也没说。

据隋世禄后来解密的情况，老黄和李正的谈话很到位。

老黄说：隋世禄退了，我这里缺个秘书长，有人推荐了你。

谢谢黄书记赏识，李正铭记在心。

市委秘书长虽说不进常委，但位置重要，是牵头部门，代表市委工作。

这我知道，我在政府工作，就听老隋的协调，因为他是市委秘书长。

老黄说：古人讲，得天下英才而教之是人生一大快事，要我说，得天下良将而用之，又何尝不是快事呢？

很惭愧，李正既非英才，又不是良将，让书记失望了。

老黄说：有什么真实想法就说出来，把要求说在会前。

李正说：我不想动，黄书记，您就让我在政府干吧。

能说说理由吗？老黄问。

李正说：干惯了政府工作，无论从感情上还是业务上都不愿意离开。

老黄肯定没有思想准备，李正这么说，老黄像被电了一下，先是睁大了眼睛，好一会儿，深陷在眼窝里的两眼便闭上了。

老黄说：哦，我只是听听你的意见，我知道了，强扭的瓜不甜，你不愿意来就算了。

两人的谈话到此结束。

对于此番对话，我一直怀疑它的真伪，两人间的谈话，退休的隋世禄怎么亲临现场一样清楚？随世禄这个人描绘什么喜欢添油加醋，他原担任统计局长，从他嘴里说出的数字水分很大，老黄选他当市委秘书长，当时是东院一个爆炸性新闻，不知老黄看中了他哪一点。

此事还有一个版本。在一次酒桌上，隋世禄责备李正，说李正你小子鬼迷心窍，踢球的人都明白卡位的道理，你卡上位，进步就是个时间问题。李正回答说人生就是押宝，押对了是走运，押错了是背时，没点赌徒心理就别在官场上混。隋世禄嘲笑他：大小都看不清，你还押宝？李正说：大可以小，小能够大，转盘赌不是以点大点小赌输赢，只要押对了才赢。隋世禄说：过了这个村就没有这个店，你小子别聪明反被聪明误，人生关键处就是那么一两步，我当年要是不恋着秘书长这个位子主动到政协去，现在不也是副市级？隋世禄说的是真心话，两年前，老黄想让他到政协任副主席，他斟酌再三没有去，因为市纪委书记这年年底到龄退休，倒出一个常委名额，他估计自己八九不离十会进常委。谁知人算不如天算，纪委书记退休后上级出台了新规，纪委书记必须异地产生，省里派来一个新的纪委书记，他就无缘再进常委，而此时，市政协副主席的空缺已经填上，他只能在市委秘书长这把椅子上坐到退休了。

我想李正到市委工作不是坏事，如果常委有指数，市委秘书长是应该进常委的，享受副市级待遇。李正能做出这样一个选择有些不合常理，精明的李正肯定有他的考虑。孙克勤提供的信息和酒桌上的传言十分吻合，黄书记的确和李正谈过，李正婉拒了黄书记的要求。孙克勤很动情地说：李正是个忠臣呀，市委秘书长可是东院大管家，参与核心议题研究，多少人想去？而李正面对诱惑不动摇，一心一意跟您在政府干，这样的人难得！孙克勤还引用了一句古人赞颂田横五百士的诗来表达他的感受：食客号三千，见危几人从？

老黄显然也不理解李正，但他没有认为李正不识抬举，他误会是我不让李正到市委去。人，年龄接近退休红线，往往会变得多疑起来，阅历丰富的老黄也不例外，他的误会或多或少会在言语中流露出来。老黄不明说，我也就没有解释的机会，李正虽然和我关系密切，但事关干部前程，我怎么会阻止他去市委？时过境迁之后，我问李正：是不是真有到市委工作这么一回事。李正说有，我说你怎么想的？为什么不去市委高就？李正的回答令我心里一颤。李正说：黄书记还有两年就退了，我不能跟着他退休呀，明年您到东院，我再跟着您过去也不迟。我明白了，李正是考虑到他现在去市委会很尴尬，一旦过去任职，他无法摆平我和老黄的关系。

明显的感觉是老黄对我失了信任。我想我必须弥合这种裂痕，否则真会出现两败俱伤的结果。我让老柳无论大事小情都要和老黄汇报，听取老黄的指示。老柳为此很辛苦，在东西两院之间穿梭一样往返。老柳向我抱怨，说他向老黄汇报工作时，老黄总要带上几个常委，可是政府有些工作尚在动议之中，知道的人不宜太多。我知道老黄需要的是一种姿态，仅仅是姿态而已，真要他以党代政管得那么具体，聪明的老黄绝不会那么做。

老黄电话里说：今天我俩对酌，不要别人打扰。

我想老黄是有话要说，两个人对酌是消除隔阂的好机会，我很高兴，也想借此机会更多地了解老黄的底数，以便配合他工作。

在老黄约定时间前五分钟，我赶到了东山宾馆紫竹厅。紫竹厅正常应该坐十二人，但今晚只摆了两张椅子。七喜在大厅里迎候，把我引导到房间，便出去等候黄书记。自到东山宾馆当经理以来，七喜还没有接待过东院、西院两大巨头单独在一起吃饭，她有些紧张，在引导我进房间的空当，小声问：出了什么事情吗？我笑笑道：财政结余三千万，喝杯酒庆祝一下。七喜舒了口气，微微笑了笑。

七喜把老黄迎进东山宾馆是六点过五分。这个时间把握很好，我提前五分钟，老黄迟到五分钟，时间都不长，又都符合各自身份，总体来说是正点。

老黄说：老郑，菜是七喜经理安排的，清淡，都不贵，最好的菜是一道清炖河豚，听说你喜欢吃。

老黄知道我爱吃河豚，看来蓝城真的太小。

我说：蓝城上下都知道黄书记提倡节约，公务接待总是农家菜、地产酒。

没等我说完，老黄就打断我的话：今天不喝地产酒，我带了瓶年份酒，你尝尝。

我没有喝过什么年份酒，因为我对白酒没有研究，老黄是个讲究人，他带的酒应该错不了。

正说着，七喜手捧着一瓶酒进来，问：开酒吗？这可是酒中极品，五十年茅台。七喜这句话说得恰到好处，等于给老黄这瓶酒加了个注解，一般情况下，带好酒赴宴的就怕明珠暗投，想想看，你带来一瓶路易十三，不明就里的当成牛二给几口闷了，该是多么扫兴！

老黄说：带来就是喝的嘛，开！

我说：几十年的茅台了，已经成了文物，多少藏家都想摆到酒柜里供着呢，喝了可惜。

高兴！三千万数字虽不大，但却有里程碑意义，不喝好酒怎么行？再说好酒不就是喝的嘛。老黄又对七喜说：我和郑市长吃饭，其他服务员就不要进来了，你当经理的给倒倒酒就行。七喜点点头，很优雅地为我们斟上酒，便两手交叉站在门口。

我对七喜侍女一样站在旁边很不舒服，就对七喜说：我和黄书记说些工作上的事，你不必在这里候着，有菜时端进来就是了。七喜望了望黄书记，黄书记说好，七喜便退了出去。七喜走后，我才感到某种放松，与老黄交流也能集中精力。老黄说：老郑呀，咱俩单独坐坐的机会还真不多，这都怪我，整天忙得不可开交，忽视了和你这个市长沟通。我没想到黄书记如此自谦，也就更加自谦地说：哪里能怪书记，是我不够主动，我年龄小，该常请请书记才对。老黄摆摆手：其实吃饭并不重要，一块儿聊聊就好。我说：黄书记的话我记住了，下次我约您。

老黄喝酒很有分寸，每一次举杯都会说：来，老郑，干！我干杯后，老黄却只是喝半杯。老黄比我年龄大，我也不好说什么，但我知道老黄是有点酒量的，孙克勤说过，老黄从来没有喝醉过，他的酒量就像他的为人一样深不可测。老黄自己饮酒节制，却喜欢劝别人喝，喜欢看别人的醉态。

我和老黄在聊财政收入问题时，又涉及了那三家需要改制的市属企业，老黄说：你那个柳常务真是够犟的，不过他人很好，值得信任。我不明白老黄这话的含义，老黄明明看不上老柳，怎么会夸起老柳的为人？我没有接话，等待着老黄的下文。老黄却转换了话题，他说：老郑啊，你虽然比我年纪小，但却比我沉稳，我都快到点的人了，有时性子还是急，尤其是上级要求的工作，恨不得不过夜，真是江山易改，禀性难移。我多次提醒自己：什么事都不要急，慢慢来，要稳住，可有时候还是冲动，你看你，什么都不急，做事情有板有眼，不动声色财政就由赤字变结余了。

我知道老黄这话过于自谦，因为在蓝城政坛还没有比老黄更稳的人，老黄这是正话反说。我说：财政能结余这是市委领导得好，您每次开会不都强调财政要打翻身仗吗？我不过是执行了市委的部署。

老黄摆摆手，道：这是官话了，会上客套一下可以，你我之间就不要说了。

我笑了笑，老黄这句是真话，但客套的话有时不能省略，说则无弊，不说无益。

老黄接着说：说实在话，书记市长一条心做不到，两个人谁能一条心？别说书记市长，就是夫妻两个能一条心？说万众一心那更是扯淡，一万个人一个心，这个心脏需要多大的马力？老黄表现出少有的幽默诙谐，平静的神态下带着几分滑稽和调侃。我没有插话。老黄话锋一转：一条心不能，一条路还是能做到的，只要是同路人，相向而行，目标一致，什么事都好商议。

我知道自己该如何表态，就说：黄书记，我们不仅同路，而且你我之间，你是前面领路人，是车头，我和班子其他人都是跟着你走的车厢。我说这话虽有奉承之嫌，但这的确是实话，在地方工作，一把手就是带头人，要是其他人来带这个头，就是不正常了。

老黄的思维像蛙一样具有跳跃性，刚才还说着工作配合的事，他却忽然问：对了，老郑，你说我们这些当领导的为着什么活着呢？

这个问题太突然，我不明白老黄为什么忽然问起这样一个人生的话题。我想了想，道：别人不好说，我是为了实现自己的价值活着。

老黄点点头，意味深长地说：要我看，我们都是为了面子活着。

我不明白老黄的意思，等待他的下文。

老黄说：面子，面子就像毒品，一旦上瘾，想不要都不行。

老黄用餐巾试试上唇，接着说：官做到一定级别，要待遇有待遇，要地位有地位，衣食无忧，号令有威，还差什么呢？要差就差面子了。这就像天桥玩杂耍的，讨些银子固然好，但有观众围着喝彩才重要，因为给足了玩家面子。过去，我在省里开会，每次汇报财政收入，我的脸上就发烧，全省财政增幅最低的就是我们蓝城，财政上那串赤字就像我脸上的酒刺，让我不敢抬头看省长。

我掂量着老黄的话，点点头道：都是政府工作没做好，让黄书记脸上无光。

老黄亲自斟满两杯酒，举杯说：这回好了，结余三千万，我脸上的酒刺没了！来，干！

我一饮而尽，老黄还是照旧喝了半杯。这时，七喜端着清炖河豚进来上菜，老黄叫住她，问：和郑市长熟吗？七喜点点头。老黄这问题有点明知故问，东山宾馆是东西两院的指定接待单位，属于政府接待办管理，七喜怎么会不熟悉市长？老黄说：今天我请客，你替我敬郑市长一杯。

七喜很有分寸地点点头，微笑着说：要是敬酒，也应该敬两杯，敬了郑市长，更应该敬黄书记。

七喜敬我酒时，背对着老黄，很专注地与我对视着，说：再过几个小时就是2005年了，祝郑市长新年快乐！

我发现七喜的神情中并无多少兴奋，倒是有些忧虑的成分。

敬老黄时，七喜端着酒思考片刻，然后说：祝黄书记在新的一年里生活上开心、工作上顺心、稳定上放心，全心全意为蓝城人民谋福祉，一心一意描绘蓝城发展新蓝图。七喜这话说得不错，我注意到老黄的眼角出现了几道皱纹，他站起身说声谢，便缓缓地喝了半杯酒。

应该说七喜敬酒话里有话，她的话概括起来不就是"三心二意"吗？但老黄并无不快，因为这个三心二意都是正面的。

饭局结束的时候，老黄突然压低了声音对我说：要稳住，老郑，我希望你能接我。

　　我想，这是老黄在新年前夕找我喝酒要说的话。但我真希望老黄这句"要稳住，老郑"能改为"放手干，老郑"。我知道，老黄真正希望我做到的这个稳的意思是什么。

日记六

　　2009年2月12日。阴。戴老为蓝城换届一事莅临蓝城调研。说是调研，实际谁都知道他来蓝城是为省里确定蓝城人大政协、一府两院的换届人选摸底排队。我对戴老素来敬重，为避嫌起见，只是礼节性地拜见了戴老，没有天天围绕左右，陪戴老的差事就由老黄一人负责。戴老礼贤下士，竟屈尊答应我一起吃晚饭。戴老此举令我受宠若惊，我隐约感到这是一个好兆头。吃饭地点选在腊头驿，我特意让经验丰富的七喜回去帮助料理。令我惊奇的是戴老竟然与尹五羊相识。

五年任期届满，蓝城面临新的换届。山雨欲来风满楼，省委换届考核组还没有下来，蓝城上下已经传言四起了，整个春节期间各种信息像除夕之夜的爆竹一样，铺天盖地，有人欢喜有人忧，其中最主要的消息就是我将要升任市委书记，代替老黄成为蓝城的一把手。

　　主宰蓝城换届的是省领导戴老。戴老学养深厚，有一种泰山崩于前而面不改色的沉稳。让市县干部们颇为敬佩的是戴老自我要求极严，轻易不吃请，干部短信中曾流传这样一条：上山擒虎易，请戴老吃饭难。虽然对仗不公整，但说明请戴老吃饭之难的程度。我私下听过这样一种说法，如果戴老同意和你一起坐坐，那你就要好运当头了。我对这些传言将信将疑，戴老毕竟是副职，还没有一掌定乾坤的能力，只不过他看干部全面准确，在省委说话比较有分量。我在省直机关多次听戴老讲话，他讲话谈古论今，极富感染力，加之他风度翩翩、穿着得体，看上去极有领袖风范。我当市长后，因为工作上的关系也和戴老汇报过工作，戴老总是能随口说出蓝城的一串串数字，他超常的记忆力让我惊讶不已，要知道，那些干巴巴的经济数据连我这个市长都记得吃力，一个几年不到蓝城走一回的省领导却能张口即来，实在令人咋舌。

戴老到蓝城，办公厅通知说是搞调研，却没界定什么内容，这下把东院的秀才们难住了，不知道该怎样写汇报。请示老黄，老黄指示汇报写两方面就够了，一方面是经济社会发展情况，另一方面是班子和干部队伍建设情况。戴老一到蓝城就宣布了三不原则：不听工作汇报、不接待上访、不吃宴请。这才让负责起草汇报材料的秀才们松了一口气。负责组织材料的孙克勤说，戴老就是有水平，这么搞调研才叫真调研，下面都编排好的调研，那叫走秀。戴老到来当天，老黄率领几个班子一把手和我好歹说服戴老在东山宾馆吃了几个家常菜，算是为戴老接风。吃饭时戴老没沾白酒，只是象征性地喝了一点红酒，就很快结束了晚饭。戴老对老黄说，酒先留着，等换届结束后我来蓝城与你们好好喝一回。

第二天下午，戴老找我谈话，谈完后我问戴老：如果您有时间，我请您吃点当地小吃可以吗？

我没有想到戴老会爽快地答应。好啊，你请客可以，但不能花公款。

我说如果花公款，就不去吃风味小吃了。

戴老问：什么风味小吃？

我心里打着鼓，说这小吃是蓝城的特色，腊头，只是上不了台面，人家大饭店也不加工。

戴老想了想，道：公务未了，吃饭不香，这样吧，离开蓝城前的那个晚上再定。

我满心欢喜，戴老能答应已经是破天荒了。

之前，我把请戴老吃饭的想法和他的秘书小孙说了，小孙直摆头，说郑市长你要不怕碰钉子你就去说，反正我不敢说。我说不就吃点地方小吃吗？又不是正规宴请，与戴老的三不原则不矛盾。戴老的秘书小孙是个很严谨的小伙子，戴一副几乎没有框的眼镜，看上去很精干。小孙说：我敢保证您会碰钉子。当戴老答应了和我吃饭并把时间定下来后，小孙跟着我出来，扯了一下我的衣袖，没头没脑地说了句：你有戏了，郑市长。

过了三天，恰好周六，上午，小孙打来电话，说晚上可以吃饭，但仅限于我和戴老两人。我问：黄书记可不可以参加？小孙没加思索就回答道：首长说了，仅限于你和他两人。

我觉得事情有些不妥，我请戴老，老黄不会不知道，知道了又不叫他，易生误解。但戴老的话谁敢不听？戴老不让叫，我哪里敢去叫老黄？

腊头驿的经理已经换了小青。十年过去，小青的狐媚脸还是当年那个样子，举手投足老练了许多，人也丰腴了不少，只是那双有着七彩光芒的眸子还是那么亮。尹五羊说之所以把小青派来，是因为小青和我吃过饭，算是熟人。可是我对这个狐媚脸的小青能否接待好戴老心里没底，就给五羊打电话，让他请七喜回腊头驿亲自安排接待戴老一事。

我嘱咐七喜：吃河豚非同寻常，要确保安全。七喜说：放心吧市长，我回腊头驿当督军，保证万无一失。

我说小青是现任经理，你和她解释一下，别让她有想法。七喜说自己和小青是好姊妹，不会有问题。

应该说小青是个很有心计的女孩子，在蓝城很吃得开，没有摆不平的事，深得尹五羊赏识。尹五羊问过我小青的表现，我未置可否，与七喜比，我总觉得小青少了一样东西，但我说不清这样东西是什么。尹五羊说你就是喜欢七喜，你为啥喜欢七喜我明白。我说你别听马小红胡说，七喜就是七喜，不是别人。尹五羊说你这话说了等于没说，七喜不是七喜还能是马小红？你们当领导的好比日头，一定要把光芒洒均匀了，苦乐不均有人会起义。我被尹五羊逗笑了，说你真想当帝王之师呀，可惜你这套课程只对有三宫六院的皇帝适用，对我这个五品官不好用，因为我除了自己的老婆，再没有别的女人了。尹五羊说我这是打个比方，意思是说你喜欢七喜没错，但不能不理小青，要一碗水端平，你不知道自从那次在省城和你吃过饭，小青就一直夸你，她作为集团财务总监主动要求到腊头驿来，为什么？就是想常见到自己的偶像。我说我怎么就成了她的偶像？尹五羊无奈地摇摇头，脱口道：鬼才知道。

请戴老吃饭的这一天上午，老黄来到了我办公室，事先也没打招呼。我任市长五年，老黄从没进过我的办公室，这次来一定事出有因。市委、市政府分别在城市的东西两侧，这是建市之初形成的格局，半个多世纪了，没有人去改变它。政府这边的干部习惯称市委为东院，市委那边称政府为西院，东西两院之间关系微妙，两院的领导很少到彼此办公室来，有事也在会议室里碰头。这次，黄书记造访我的办公室，而且没让秘书通知，直接敲门进来，我估计是急事，不一般的急事。

我起身请黄书记坐下。心想，戴老在市委考核谈话，黄书记理应在东院坐镇才是。

黄书记把手中一份新华社内参递给我，道：老郑，你看看这个。

我看了看，内参写的是蓝城城郊苦力圈建高尔夫球场的事。苦力圈是一片荒岭，附近有几个大煤矿，日本人占领华北时，招来成千上万的挖煤工人，人们称这些挖煤工为苦力，苦力命运悲惨，死于事故或疾病后，连掩埋的人都没有，就被矿主扔到这片山洼里，山洼从此有了"苦力圈"一名。苦力圈埋葬死人并非起源于日伪时期，蓝城世世代代穷苦的下层百姓死后大都埋葬于此，因为是穷人，没钱修墓植树，这个地方荆棘丛生，乌鸦成群，被人们认为是不祥之地。我任市长后，一直想改变这个大煞风景的乱葬岗。2003年，通过招商引资引进一家公司在那里建了一处公益性公墓，把成千上万盅有主无主坟迁至公墓，然后平坟整地，植树绿化。公益性公墓收费低，公司提出把平整后的山岗绿化由他们来做，植上草坪，建一个高尔夫球练习场，一则美化环境，二则可以以球场养坟场。我认为这家公司的提议有道理，就原则同意了这个概念性规划，但政府在研究这个项目时明确了两点：一不占耕地，二不能没手续。

建高尔夫球场的协调会是我委托常务副市长老柳开的。我对老柳说，情与法要分开，不能葫芦搅茄子，不清不混。老柳是苦力圈改造项目的总指挥，与公司领导感情不错，我提醒他不要感情用事做决定，因为高尔夫球场项目是国家明令严控的项目，违规上马就是闯红线。老柳是个爽快人，他说难办的事让公司去办，我守株待兔就是了。

现在，黄书记拿的这份内参，质疑的就是高尔夫球场手续上的合法性。

黄书记说：远桥啊，现在是换届关键口，稳定压倒一切，天下大事，成也舆论，败也舆论，舆论简直就是洪水猛兽，能冲垮铜墙铁壁。

黄书记说得在理，一条看似不经意的舆论往往会点燃燎原大火，让本来可以稳坐交椅的大小官员铩羽而落。但蓝城这个球场问题不会太大，因为没占一亩耕地，而且审批上报的项目是练习场，而非正式比赛的高尔夫球场。新华社内参抓的问题很刁钻，打的点子是毁坟场建球场，导致地下水过度开采。内参上已经有上级领导批示，蓝城市政府必须拿出一个说法。

黄书记说：远桥呀，你知道我老黄是站末班岗的人了，全局性的事你要多过问，敏感的事可以早介入，尤其是高尔夫球场这件事，尽管老柳在具体抓，但你是第一责任人，一定要处理好，不能影响大局。

我明白了老黄来我办公室的用意，是来表明一种姿态，即支持我掌管全局，同时也在撇清一种责任。我说，你放心黄书记，球场的事情我会认真自查，如果有违规问题绝不回避，该停就停，然后形成报告报您，您批准后上报。

老黄点点头：报告形成后我就不批了，这件事既然是你抓的，你就全权处理吧。

我点了点头，有一种如临深井的感觉。

老黄又说：我和戴老谈话，重点推荐了你，戴老对你很关心，评价也不错，我估计你的使用问题有戏。

老黄不愧是个识时务的领导，话说到这个程度，已经不必遮遮掩掩。我说其实我对换届的各种传言一概不信，我习惯了顺其自然，黄书记能想到我我很感激，黄书记毕竟是书记，您的认可代表着一级组织的认可。

黄书记没有否认，他微微仰着下颌，颇有感慨地说：咱们省十几个地市，像蓝城这样党政主官团结的没有几个，戴老说了，团结出干部，闹不团结的班子，误人误事，何苦呢！

临走时老黄建议我尽早熟悉一下党务工作，尤其是党委换届工作，要早做考虑，因为按照计划，今年人大、政府、政协换届，明年就是市委换届，换届就像一次大考，你的答卷要上级满意同级认可下级没抱怨才算合格。

我说这是您考虑的问题，我怎能思出其位，岂不是有僭越之嫌。

我俩谁跟谁呀，老黄说。

我起身相送。

老黄欲言又止，犹豫了片刻，终于没有说，便告辞了。

我猜想，老黄应该是想问晚上吃饭的事。

戴老找干部谈了一天的话，临下班时让秘书小孙告诉我，说晚上陪他出去转转，顺便去腊头驿吃点小吃。

傍晚，我陪戴老散步来到腊头驿，由东山宾馆到北大河畔的腊头驿大约三里地的路程，我和戴老边走边聊，十分悠闲。蓝城虽小，但因为靠近皇城，市民颇多见识，一个副省级干部的出现不会引起市民的兴趣，所以没有路人注意到我们。路上，戴老问：你和老黄搭班子心情顺不顺？我说还不错，老黄作为市委书记在后面掌舵，我在一线干活，总体比较协调。我知道，省里其他地市党政班子不和，矛盾闹到了省委，戴老在一次干部会上专门讲了团结的重要性。戴老的话很重，他希望各地市的领导要像爱护眼睛一样爱护班子的团结，可惜戴老的话没在下面落实，下面班子的矛盾依然存在，现在戴老问蓝城的班子，我不能给他添堵，尽管我和老黄配合上也疙疙瘩瘩，但至少我们面子上还过得去，像一对儿同床异梦的夫妻，该挽起手示人时还是要挽手的。

我和戴老像普通顾客一样来到腊头驿门前。一袭白衣的七喜在门前恭候，小青没有露面，颇懂礼数的小青应该站在门口迎接才是。

戴老站在台阶前，背着手颇有兴趣地打量着古朴典雅的门楼，他看得很仔细，尤其对横匾上腊头驿三个镏金隶书很在意，端详了许久后问我：朱成碧是哪里的书法家？我想说是我的同学，但话到嘴边又止住了，我说朱成碧是个旅日的华裔书法家，国内不算太知名。戴老说这隶书很见功力，有金石功底。我暗暗吃了一惊，戴老果然厉害，凭一幅书法就能看出金石功底，这种鉴赏力够绝的。戴老歪着头又思忖片刻，忽然说：这个书法家的名字有来历，有相思之累。我睁大双眼看着戴老，心想，莫不是戴老知道了我和朱成碧的事？戴老接着说：这名字取自一首《如意娘》的唐诗："看朱成碧思纷纷，憔悴支离为忆君。不信比来长下泪，开箱验取石榴裙。"戴老吟毕，微笑着看看我，我却无言以对，我真的折服了，我和朱成碧从小同学，相恋几载，竟然不知这名字的出处，戴老真是了得！我试探着问：那么，这名字怎么会有相思之累呢？戴老并不正面回答，开了个玩笑说：什么力量能让人把红看成绿？让人心神恍惚？我恍然大悟，脸上滚过一阵热浪。

戴老又问：店的主人是哪一位？我说是尹五羊，一个靠烹饪起家的企业家。

尹五羊？戴老扭头看了我一眼，道：这个人我认识，人不错，还托人找过我。

尹五羊找您老做什么？我下意识问了一句。

戴老笑了，笑得很诡秘。道：他托人找我，是推荐一个人，这个人是谁我就不说了。

戴老如此一说，我顿感脸上着了火一般赤热。尹五羊托人推荐的肯定是我了，这么大的事尹五羊竟然瞒着我，让我怎么和戴老解释？我忽然也明白了一个谜底，戴老为什么会答应和我吃这顿饭。

我说尹五羊和我是发小，我们两家是世交，他这个人热心肠，做好事从来不留名。戴老点点头：这人口碑不错，也有点眼光。

进到包间，在一张官帽椅上坐定，戴老说："腊头驿"这个名字好，一个"驿"字道出了人生的真谛，再与"腊头"相连，更是充满凶吉悔吝之变数，有学问。

我说尹五羊没上过大学，他家几代都是厨子，祖上做过杭州知府的私厨，尹五羊在厨艺理论和实践上都不含糊，尤其擅长烹饪腊头，他的五羊集团就靠腊头起家。

戴老点点头道：腊头就是河豚，俗称气泡，我们国家的河豚大都是东方鲀，分为墨绿、菊黄、弓斑、紫色、黄鳍、暗纹、假晴等多种，其中极品应该是燕尾鲀，肉质比菊花鲀和条纹鲀要细、要鲜。不过话又说回来，越是鲜美的河豚，毒性越大，吃的风险也越大，古话有：血麻子胀眼发花，达子血一吃回老家。不遵这些古训，吃河豚就会吃出人命。

那为什么还有人愿意吃它呢？这个问题一出口，我就有些后悔，但说出的话收不回，只能等戴老解释了。

戴老说：喜马拉雅山危险吧，为什么还是有人愿意登？是一种冒险的刺激。吃河豚也一样，是吃一种刺激，一种视死如归的气魄，一种敢为天下先的胆识！

戴老的排比句很有震撼力，我被深深地打动了。

我分管干部工作多年，我认为在吃河豚问题上顾虑重重的人需要考察他的胆识。说完，戴老哈哈大笑起来。我感到自己刚才幼稚的提问太不该了，把自己无知的一面呈现给了戴老，但愿别给戴老留下不好的印象。

世事洞明皆学问，当领导的一定要博学，要成为通才。戴老说，小小的河豚也有大学问。古代的文人雅士对河豚情有独钟，有许多写河豚的名句，腊头驿可以请人写来点缀一下，添些文化之气。

我感到自己需要学习的东西实在太多了，自己喜欢吃河豚，但却不知道河豚种类如此之多。戴老张口就说出河豚有多少种，而且每一种都能叫出名字，与戴老相比，自己是孤陋寡闻了，自己吃河豚，只能是空有口腹之快而已，人家戴老则是吃出了学问，吃出了精神。

我们吃的是河豚火锅，用木炭铜锅，涮出的河豚肉带有一种蓝色，味道格外鲜美。我把压轴的西施乳放在最后，想给戴老一个惊喜。

两个人，一瓶酒，我像个私塾里的学生在先生面前吃小灶，专心听着戴老娓娓道来。戴老很高兴，但饮酒非常节制，不像当年的乔老爷那样豪饮。当乳白色的压轴菜端上时，戴老一双半眯的眼睛忽然猫眼样圆起来，他用鼻子深深吸了一口气，嘴角如同菱角一般翘起来。

我本想卖个关子，让戴老猜猜这是一道什么菜，谁知，戴老几乎没有停顿就用标准的京式普通话道：西施乳！肯定是西施乳。我大吃一惊，戴老是我第一个遇到未加思索就能叫出这道菜名的领导，不由对戴老再添敬意。

戴老随即吟道：值那一死西施乳，当日坡仙要殉身。停顿了片刻又吟道：河豚好比西施乳，吴王当年未必尝啊。好菜，一道有文化的美味呀！

戴老果然见多识广，要知道很多人对西施乳几乎是闻所未闻。我说。

研究吃，并不是仅限于吃，古人以食载志，以食明理，食之道，就是人之道，从这个角度来看，美食家也是社会学家，进而也是政治家，伊尹没上过学，但他能成为帝王之师，原因就是他从砧板灶台之中悟出了治国安邦的大道理，所以，他不仅成就了商汤，而且还教育了太甲，让一个厨子名垂青史。戴老侃侃而谈。

我感到戴老的话颇有道理，想想看，老子说的治大国若烹小鲜，不也是以食明理吗？

戴老说：人类嘛，一部进化史也是饮食发展史，饮食标志着文明程度，所以我有个观点，我们中国人的革新，应该从吃字上入手。

我点点头，很诚恳地问：戴老这些知识是从哪本书上得来的？能否推荐我读读。

戴老笑了笑：没有书，这是我和尹五羊相互交流时的一些观点，可以说是向一个厨子学习来的。

我恍然大悟，难怪戴老刚才关于伊尹的说法听起来耳熟，尹五羊曾说过类似的话。

西施乳让戴老很高兴，席中，他讲了很多典故，我注意到戴老所讲的典故较之别的版本有诸多新意，比如卧薪尝胆，戴老强调的不是如何忍辱负重，不是怎样十年磨一剑，他强调的是另一种含义：人不能总是蛰伏，有仇不报非君子，人若犯我，我必犯人。我听着戴老绵里藏针的话，感到后颈上有凉风掠过，头脑清醒了不少。看看窗户，腊头驿冬季的窗户密封很严，但为了防止木炭燃烧产生的一氧化碳，火锅的上方有一个排气扇，正无声却又拼命地转着。

离开腊头驿时，我看到了站在门厅的小青，小青鞠躬送行，一脸的谦卑。

腊头驿一别，戴老再没来蓝城，去省里开会，我想去拜访戴老，却被秘书小孙挡驾了，小孙说戴老最近忙于各地市的换届工作，礼节性会面都免了。我一听心里就明白了，换届之际，瓜田李下之时，为了避嫌，戴老不见访客这是明智之举，也就没再去打扰他老人家。我想等换届后，以蓝城市委书记的身份再去拜访戴老，那就是顺理成章的事了。我还盘算着一定请戴老再来蓝城，再吃一回西施乳，再上一堂河豚课，我跟尹五羊打过招呼，下次请戴老，一定要弄几条野生燕尾鲀。

省委关于蓝城换届的人选公布后，和事先设计的版本有了较大出入，我这个原本要接任书记的市长，出人意料地到了人大。关于这种安排，说法不少，已经退休多年的老项暗示我，高层在我的使用上似乎产生了分歧。我不清楚到底发生了什么，但有一点我努力提醒自己，不去议论，不附和议论，若有人提起此类话茬儿，我总是岔开话题，要么说茶，要么论酒，要么就侃侃河豚的吃法，识趣的也就不再多嘴了。

　　这次换届人事上的蹊跷变化让我百思不得其解，尹五羊也回避这个问题，我隐隐有一种感觉，这变化与戴老吃的那顿饭有关，莫不是戴老在借吃饭之机考察我？自己有哪句话说得不得要领呢？我几乎回忆了当时自己说的每一句话，包括在吃河豚上的无知，但这种无知恰恰能反证戴老的博学呀，再回忆，记得那个晚上一直是戴老在讲，我仅仅在听。

日记七

2009 年 4 月 12 日。多云。五羊知我在扬州，特意赶来请我吃河豚。瓜洲古渡，当年杜十娘怒沉百宝箱的地方，如今红颜已没，凄凉犹存，江水滔滔，逝者如斯。五羊谈兴很浓，看出是为我调节气氛，他认为古代易牙烹子之事纯属子虚乌有，乃后人杜撰的，就像历史上根本没有负心的陈世美一样，是有人出于嫉恨，虚构了一则抛妻求荣的故事。五羊说，这个世界到处都有屈死鬼，干活蒙屈，当祥林嫂没用，能咸鱼翻身才算本事。五羊点了一道正宗西施乳，菜虽美，胃难开，思绪纷

飞之际，佳肴晦涩之时，我弄不懂自己为何闷闷
不乐。

一段时期了，我总是能嗅到一股能点燃食欲的味道，一
个人，如果总是被某种气味激发食欲绝不是一件好事。

人代会闭幕式，在宽大的主席台上，我又嗅到了那种奇
怪而又熟悉的味道，这种鲜美的味道无影无踪却又无处不
在，它似乎有一种致幻的作用，仿佛让你浑身都长满了贪婪
的味蕾去吸纳这种味道。我抬头四顾宽敞的礼堂，主席台
上三排领导，个个正襟危坐；台下四百代表，正聚精会神听
取市委书记老黄不紧不慢的讲话，毕竟是五年一届的换届大
会，选举圆满结束，一府两院和人大的领导各得其所，这是
值得庆祝的大事。市委黄书记的讲话如一篇凝练的报刊社
论，像制式服装一样剪裁得体，做工考究，很难挑出瑕疵。
台前媒体记者们长枪短炮地忙碌着，一切都很正常，可是，
这奇怪的味道从何而来呢?

老黄讲话结束，礼堂里掌声如雷，人大常委会副主任老
柳致闭幕词并宣布大会闭幕，然后大家起立，奏国歌，忙了
三个月的换届大戏终于瓜熟蒂落，落下帷幕。我松了一口
气。但就在这时，这股奇怪的气息不知不觉弥漫开来，让偌

大的会堂变得厨房一般混沌。我忽然有了一种预感，莫不是身体出了问题？记得一位养生专家说过：人，如果突然能嗅到一些别人嗅不到的气味，要么是你的鼻子特别灵，要么是你的身体出了异常。自己肯定不是鼻子灵的一类，因为自己对夫人身上的法国香水都毫无反应，鼻子迟钝得像块赘肉，就差点当摆设了，那么去掉这一选择，剩下的就是身体异常了。我有点恐惧，自己过去一个秘书，运动员身板，单位体检，竟查出个肺癌，三十几岁的人一下子就萎了。我很纳闷，秘书烟酒不沾，唯一的嗜好是打网球，怎么偏偏就招了这么重的病？看来人生无常，疾病多变，还是提防一点为好。

在庆祝大会闭幕午宴上，我对老黄说，大戏唱罢，小戏不急，我请几天假去做个体检。黄书记问：身体不舒服？我说，也没什么大问题，就是老能闻到一种奇怪的味道，检查一下鼻腔和咽喉吧，咱蓝城在耳鼻喉科方面是弱项，需要到外地。黄书记停顿了一下说，政府组成人员等着你常委会下任命，但身体要紧，你还是抓紧去检查吧。老黄面子上一向大度，他没有想到自己还能超期服役继续当市委书记，一时间精神抖擞，大有重整山河、大干一场的架势。本来，老黄在换届前已经退意昭昭，具体工作不再过问，几次和我闲聊，都表示要轻手利脚交个舒坦的班。谁知换届前的舆论并没成为现实，五十九岁的老黄依然当书记，省里派了一个叫何阳的年轻干部来蓝城当市长。老黄说：出去看病就一心看病，政府工作有何阳你也省心了，至于人大常委会的工作，让老柳他们多干点。老柳是我在政府时期的常务，此次随我到了人大，依然是常务。我说，黄书记你知道我是个干事的人，既然当上和尚，钟总是要撞的，有急事你打个电话，我会尽快赶回来。

依照常规，人代会结束后人大常委会应该尽快对政府组成人员，也就是部委办局的一把手进行任命。任命由市委研究，市长提名，人大常委会投票通过。五年市长我提过数不清这样的人选，很清楚这是一种必须走的程序，就像产品生产出来后要贴商标、打包装一样，是一种规定动作的演出，一般不会出什么问题。我给几位副主任分了工，定下下次研究人事任免议题常委会大致时间，就动身外出。

其实，我并不是真的把嗅到异味看得多么重，我也想借这个由头到外面散散心。自从换届人选发生了离奇变化之后，内心里总是云山雾罩，搞不清楚本来有板有眼的一首曲子，怎么弹着弹着就跑了调儿。从省里传出消息由我接任老黄后，一向稳重的老黄变得更加稳重，一副欲绝尘而去的潇酒，我很是佩服老黄这种修炼的境界，与老黄相比，自己倒是不时有种窃喜之心。出乎意料的是，这种窃喜没有变成省委的红头文件，最后的结果是老黄未动，我却到了人大，市长的职务被省里派来的何阳接任。我并不怨恨何阳，何阳是省直机关来的，和我当年下来当副书记一样，这是组织行为，和下派干部本人没关系，为此，人代会选举前，我在各代表团长会议上下了死令，必须确保何阳高票当选。这要求很高，不仅当选，还要高票。话传到何阳耳朵里，感动得何阳差点流出眼泪来。选举结果出来后，何阳是唯一一个满票，比我这个人大常委会主任还多两票。何阳向我敬酒时搂着我的脖子说，今后老市长的事就是我何阳的事，我要是有二话，我就是混蛋！我没有想到有着经济学博士学位的何阳还会说土话，这话虽土，但听起来舒坦，比一大堆啰里啰唆的表白强。

外出的第一站是上海。秘书长王义提议去北京，我否了。

王义是个精瘦的矮个子，人很机灵，办事有根，在人大做了几年秘书长，口碑不错，我打算继续用他，这次出门的事就由他来操办。我对北京这个超大型邻居的拥挤一向不习惯，加之北京蓝城也就一个小时的车程，去北京还叫去外地吗？在我的脑子里，北京和蓝城是一条藤上复制的两个瓜，无非大小不一而已。

陪同我南下的除了秘书长王义外，还有一个从事IT产业的老板，姓周，是个在蓝城颇具实力的人物。四年前，我招商引资把他从大连引到蓝城，与他一直走得很近。在上海，周老板通过朋友联系了一家上好的医院，给我做了体检，检查结果基本正常，只是肺部有一处阴影还需确诊，医生说过几天会给答复。走出医院后王义提议是否给黄书记打个电话，报一下平安。我吸着烟说：打个电话也好，但不说检查情况，就说还在等结果。王义和周老板面面相觑，不知我为什么要保密这样一个结果，但既然领导发话了，作为下属他们只能执行。这样的保密，让王义很遭罪，来电一个接一个，有市级领导，也有局级干部，还有企业界的老总，口齿伶俐的王义只能支支吾吾，左推右挡，瞒着这个正常不过的检查结果。我嘱咐王义，把所有来电话询问的人都记下来，王义想了个简便的办法，接一个电话，在电话簿相应的人名前画个对号，谁打谁没打，一翻电话簿就清楚了。

这期间，我也接了几个电话，一个是市委书记老黄打来的，老黄礼节性地问了问身体情况，然后说既然出去了，就别担心工作，好好调整一下。一个是何阳打来的，说老市长在外地不要节省，穷家富路，钱该花就花，财政给兜着。再一个是七喜打来的，七喜说这段时间蓝城都传言我患了重病，议论很多，问我是否通过什么途径辟辟谣。

七喜是真心关心我，这一点我能感觉到，我与七喜之间的关系就像牛肉萝卜汤，尽管牛肉是牛肉、萝卜是萝卜，但彼此都煮进了对方的味道。

夜深，躺在床上辗转反侧，脑子像乱了程序的幻灯机，一幅幅未经剪辑的图片纷纷打出来，都是换届前的桩桩往事，这其中有一张图片特别清晰，图片中的人物是戴老，省委大院里高深莫测的神秘的人物。我当市长期间，戴老介绍了一个客户，想开发改造蓝城中心广场，戴老的介绍不能不重视，我特意让规划、土地、城建等部门提前介入了这个企业的前期工作，如果这个开发商真的有实力，同等条件下摘得这个项目没有问题。几个局长在接触了这个企业后纷纷向我反映，说这个企业是个空手套白狼的皮包公司，请示该怎么办。我权衡再三，还是要求按规定搞招投标，结果可想而知，项目招投标时，中心广场工程的牌被别的公司给摘了。

事后，这个开发商给我打来一个电话，阴阳怪气的，说了一些招标之外的话，大意是怪蓝城政府一开始就没想把项目给他做，要想给他，别人想摘也摘不成。这话着实没根没据，我早料到中心广场改造项目是块群狼撕咬的肥肉，不想在这个项目上弄脏了自己，根本没有什么暗箱操作。但我不想和开发商说这些，我对这个总是斜视别人的开发商有点反感。事后，我给戴老打了个电话，想解释一下这个开发商没有中标的原因，但戴老在电话里的态度让我有些发蒙，戴老说：远桥呀，我介绍开发商了吗？怎么记不得了。放下电话后，我心里有点忐忑，戴老是个严谨的领导，一向以沉稳细致著称，他交代的事怎么会忘了呢？

睡不着，脑子里总在过电影，我索性打开电视，电视中一个读书节目在讲解古诗，正在解释"烟花三月下扬州"的烟花为何物，这时，手机响了，是尹五羊打来的，尹五羊说：老同学呀，听说你到上海了，顺路来扬州看看吧，我请你吃西施乳。我问他：你老家不是扬中吗？怎么去了扬州？五羊说：我猜你肯定不会总在上海待着，就跑到扬州给你打前站，快来吧，这里有正宗的西施乳。我在上海这几日，没有讨到想要的清闲，心思总是如风吹杨絮，喧嚣的大上海没一处安静，城小人少的扬州或许会好些吧。我当即答应了尹五羊：明天就去扬州。

到了扬州，入住瘦西湖畔一家楼层很低的宾馆，尹五羊驾车拉我们去郊外吃晚餐。

尹五羊已经发福，头发稀疏，面色红润，穿一件兰格衬衣，左腕上一串蜜蜡佛珠，看上去像个身怀绝技的工艺大师。

晚餐在瓜洲古渡旁一个水杉环抱的农家院。我交代过尹五羊，到扬州要做一回隐士，不与官方打招呼，回归田野山林，吃点乡间土菜，喝点民间米酒。我想过，当了人大常委会主任，要学会慢生活，算是一种软着陆吧，像飞机在云层里飞，要接近机场的时候不降低高度会出大问题。认识到这一点，就该早做心态上的调整，不能再风风火火地忙了，有些时候，你越忙，越等于给别人添乱，自己当了五年市长，对此深有感受。

农家乐的名字叫"望江水"，是木匾绿色行书，落款书者好像是铁笔榜书第一人，很可惜我不懂书法，除了朱成碧的字外，再分不出谁是第一第二。但"望江水"三个字还是蛮耐看的，是宫廷庙堂常用的字体。我想商家用这三个字，是借了"望"字的字音，取财旺如滔滔江水之意，用"望"而不是"旺"，则多了意境，少了功利，不愧是古城扬州，连开农家乐的老板都不失文采雅量。

晚餐果然和大宾馆那些花架子菜不同，炖江鱼、焖土鸡、蒸豆腐、炸河虾，每道菜都令人赏心悦目。尹五羊带了几瓶法国干红，是正牌拉菲，价格不菲，足见尹五羊出手的阔绰。

五羊见我神情有些凝重，附在我耳边道：都怪我办事不周，把七喜带来就好了。

我瞪了他一眼，心想，七喜的日子就好过吗？

尹五羊端着斟了半杯酒的酒杯开始主持：我今天请郑市长和各位小聚，是兑现一个诺言，上中学时，我答应过远桥，将来有机会一定请他吃一次西施乳。我在蓝城有店，远桥也去过，也吃过这道菜，但那不是我请他吃的，我请的西施乳和腊头驿的不同，一会儿大家品尝过后就知道了。尹五羊卖了个关子接着说：我和郑市长是父一辈子一辈的关系，如果没有郑市长老父亲帮忙，我们一家在六二年就下放农村了，那么也就不会有我这个五羊集团董事长了，是郑伯伯让我父亲留在了部队，我才能上学，和远桥成为兄弟，才能……才能有后来的发展。

尹五羊用了两个"才能"，中间停顿了一下。我从没有听父亲说过尹叔还有要复员的事情，我只知道父亲喜欢吃尹叔烧的菜，父亲出差总说吃不饱，每次出差回家，都嚷嚷着让尹叔赶快烧菜。

我说别一口一个市长，这又不是开会，再说我已经不是市长了。

尹五羊说：在朋友心里，你是永远的市长。不过，市长也好，主任也罢，终归都是人，而人生就是欠债、还债的过程，也是有罪、赎罪的过程。能还清的是讲信义，能赎好的是讲虔诚。我的人生理想是当驾鹤西去的时候，还清债、赎净罪。来，我敬大家一杯！

尹五羊何时成为哲学家了？这番还债赎罪的理论听起来挺新鲜。我说：我从不欠债也不犯罪，怎么喝这酒呢？

尹五羊道：罪与人的关系就像尿素发豆芽，有之则肥，缺之则萎，但不论原罪还是本罪，谁也不想与罪相伴一生，这就是基督徒为什么要到教堂忏悔的原因。再说欠债，人一出生，脐带之血就告诉你是带着赤字来的，想想看，作为子女，你欠不欠父母的？作为情侣，你欠不欠爱人的？作为市长，你欠不欠选民的？就算作为厨子和食客吧，我们欠不欠盘中这些鸡鸭鱼的？罪与债，没人能免，只是有人不愿承认而已。

尹五羊此话一出，我忙说：打住打住打住，都说厨子嘴，快菜刀，今天算领教了，你也别指桑骂槐，我喝酒就是了。

一旁的王义插话：尹总信佛吗？看您的手链好像是琥珀的吧。

尹五羊捻一捻左腕上的佛珠说：这不是琥珀，是蜜蜡，我是个礼佛的俗人，还没有到以佛教为信仰的境界，基督教、天主教，还有印度教，我都喜欢琢磨而已，我觉得当脑筋转不开的时候，从宗教的宝瓶里能找到一些润滑油。

喝了几杯，尹五羊开始给大家讲易牙和陈世美。这是我第一次听五羊为两个历史人物鸣不平，侃侃而谈的尹五羊俨然一个历史教授，讲得别人无法插话。五羊的表现相当兴奋，但他兴奋的理由是什么呢？一身村妇装束的服务员把那道众人期待已久的西施乳端上桌，尹五羊立马打住故事，他用力抓着我的手说：看看，看看，与腊头驿的西施乳有什么不同？

细看，白瓷盘中的西施乳与腊头驿的做法果然不同。腊头驿的西施乳是白色的蚕豆状，并不码成型。而这一盘则不同，一粒粒的蚕豆码成一个圆形，周边用非洲菊的花瓣圈起来，活脱脱一朵硕大的葵花。每一颗乳粒上还用红色的鱼子点缀了一下，可谓画龙点睛，令人浮想联翩。

这才是真正的西施乳！尹五羊说，动筷吧。

不知何故，我猛然就想起了朱成碧，朱成碧是最渴望吃到这道菜的人。我吃了一口，并没有感觉出什么味道，倒是王义和周老板一直赞不绝口。我知道，我的味觉走神了。

席中，我对五羊说：你当年的许诺可不是我一个人吃。

尹五羊很为难地点点头：朱成碧不在国内嘛。

朱成碧可是最想吃西施乳的，也不知她现在怎么样了？

尹五羊说：你还想着朱成碧？你不是有七喜吗？

我给了他一肘：你小子能不能不下道。

尹五羊没有回答我朱成碧的事，但是他做了这样一个承诺：七喜在蓝城干不下去的时候，可以再回五羊集团来，五羊集团任何时候都是你远桥的后方根据地。

尹五羊的话我没在意，七喜是东山宾馆的经理，她的工作自己选择，我不会干预，我在为朱成碧没有吃上这道纯正的西施乳而遗憾。

这一夜，我喝得有点高，脚下踩了棉花一样飘。我问五羊：干吗今天这么兴奋？又开新店了？五羊说：我兴奋是为了让你兴奋。

五羊的话令我感动。

第二天，我让尹五羊陪王义和周老板去逛街，自己则躲清静，到江边一个鱼塘垂钓。

一个人，一把竿，一副马扎，一顶遮阳帽，坐在橘树环抱的鱼塘边，感受一种期待已久的轻松。五年的市长生活，让我的性格发生了很大的改变。朱成碧说过，人可以变成一台机器，可机器永远不会变成人。也就是说官场之中人的变化是不可逆的。我常常为此纠结，有时候甚至羡慕五羊，羡慕朱成碧。人在官场，身不由己，整个体制就是一台高速运转的机器，作为其中的一个零件，一个局部要紧的零件，怎么会停下来？

鱼塘里的鱼不咬钩，我的精神便集中不起来，对面那个看管鱼塘的农民总是斜眼看我，似乎在嘲笑我的钓技：在鱼塘里都钓不到鱼，还出来钓什么鱼？我心想，别以为你早晨喂了鱼别人不知道？你这样经营鱼塘还有谁来钓鱼？我好比姜太公，来这里垂钓，钓的是心情，不是贪几条草鱼，真要钓上一筐鱼来倒是麻烦了。

手机响起，是七喜的号码，我预料蓝城肯定是有事了。果然，七喜说李正已正式通知她，市政府接待体制要改革，东山宾馆将改制，她的去留问题请她尽快考虑，如果她要买下宾馆，作为现任经理她有优先权。

我只是听，并不发表意见。七喜说她不想买，东山宾馆改制不是简单的改制问题，她想好了，决定到京城去，说尹五羊在北京四环边上新开一家翰坊河豚馆，她要过去帮助打理。七喜说：今天的结果我早就料到了，我想起了诗人杜甫的一首诗："家国兴亡自有时，吴人何苦怨西施。西施若解倾吴国，越国亡来又是谁？"哈哈，为了不做替罪羊，我还是像《西施断缆》中的范蠡一样泛舟避险吧。

扣上电话，擎鱼竿的手有些抖。东山宾馆改制的事太突然了，是何阳的主意吗？何阳刚来，蓝城工作千头万绪，怎么会拿一个接待单位开刀？是李正？李正跟了自己五年，可谓自己之心腹，何况李正知道七喜的来历，为什么改制这样的大事不事先和自己通通气？李正原来是商贸局的局长，尽管近视，但很有眼色，无论做什么事总像个患得患失的棋手，深思熟虑而又举棋不定，自己任市长当年，把他选来担任秘书长，看中的正是他的谨慎。我相信李正不会在这么个敏感时期着手东山宾馆的改制。

我提起鱼竿，观察了好一番水面颜色的深浅，然后放开长线，重新挂了个大大的鱼饵，用力把竿打到远处的深水区。

七喜在京城很有人脉，到京城去发展特色餐饮是个不错的选择，自己当年没看错人，能做到进退自如并不是容易之事，只是时机不佳，这个时期离开蓝城容易让人产生联想。但事已至此，多说无益。

我坚信鱼塘里的鱼儿不会条条都被喂饱，因为鱼儿进食靠拼抢，不是吃份饭，那些个头大的鱼往往行动迟缓，填不饱胃口，便耐心期待。忽然，我感到手中鱼竿重重抖了一下，再看水面，鱼漂早已不知何去，匆忙提竿，竿很沉，抖动着晃来晃去，知道钓到大鱼了，不觉吆喝了一声：来了！对面的看塘人站起身，好奇地看过来。我费了好一番力气，终于提上一条大鲤鱼，足足有五六斤。我从没有钓过这么大的鱼，看着草地上乱蹦的鱼不知如何是好。对面的守塘人如丧考妣地跑过来，可怜兮兮地说：老板，你怎么把我的种鱼钓上来了，这是我的镇塘种鱼呀！我故意问他：我买票钓鱼时可没有约定不能钓种鱼呀，再说你不是已经喂过了吗？喂过了，还钓上来，这是我的本事。守塘人脸红了，两眼看着地上的鱼，一时无言以对。我说，放心，我不杀种鱼，这鱼满肚子子，杀了可惜。守塘人面呈喜色，搓着手要来捡鱼。慢着，我拦住他说，我要放生，但不在这里。说完，我抱起鱼，快步穿过橘树林，来到江水边，用一个抛保龄球的动作把鱼低低抛进江中。回来时，守塘人还站在那里，喃喃地说：你花了十块钱，我损失了不下两百块，今天赔大了。我笑笑，道：你虽然少了两百块，可长江里却会多几千条鲤鱼，这就叫失之东隅、收之桑榆吧。

钓到了大鱼，我乘胜即收，不想再钓，收好鱼竿，回宾馆休息。

东山宾馆改制的事由来已久，这是我和市委书记老黄之间没有公开的分歧。老黄是个贯彻上级文件不走样的书记，这一点我对他心存敬意。老黄来蓝城后，一直在推动国企改制。蓝城国资委所属十八家企业，三年被他改了十五家，仅剩下了蓝城卷烟厂、蓝城市政建设公司和蓝城煤炭集团。这三家企业是我的眼珠子，在改制滔滔浪潮中，我像个护蛋的母鸡一样，硬是留下三家市属企业。我并不是抵触上级政策，改制是大势所趋，老黄全力卖企业也不是胡来。但我作为市长，手里一定要有牌可打，否则，企业卖光之日，也就是自己无奈之时，我便坚持留下了这三家效益相当好的企业。老黄不理解，说抓大放小是上面的要求，我们一个地级市根本谈不上大，全都该放，现在放还能回笼点资金，将来说不准就是些想甩都甩不掉的包袱。我说我们虽没有国家所说的大企业，可这三家企业都是赚钱的企业，卷烟厂是高税收企业，是市财政的顶梁柱，把它卖给人家，咱就要受制于人，那时候你我要看烟厂老板的脸色了。市政公司干的都是财政投资的项目，自己的锅煮自己的饭，只要不跑冒滴漏管理好，绝对不会亏损，没必要把自己家的锅卖了，再去租锅煮饭；蓝煤集团是资源性企业，不存在竞争问题，挖一筐煤，赚一块钱，我们自己当家做主，多挖多赚，少挖少赚，什么瓦斯透水安全生产管起来也能落实下去，真要是卖给只顾赚黑心钱的老板，一个事故蹦出来，买单的还是政府。老黄看我态度坚决，只好对这三家企业收刀不砍。但对于其他企业，老黄则大刀阔斧毫不手软。国资委的企业改制后，老黄又把注意力转向其他企业或企业化管理单位，一个月一次调度会，把改制当硬仗来打，终于在企改工作上全省报捷，受到上级表彰。但百密一疏，老黄在改制中忽略了眼皮底下的东山宾馆。一次公务接待，老黄发现了这一疏忽，他把秘书长李正叫去问，政府要管的事那么多，留着个东山宾馆干什么？吃喝接待这种事完全可以社会化嘛。李正回来向我传达了黄书记的指示，我未置可否。李正看出了门道，东山宾馆改制的事就一直拖着没办。好在老黄工作忙，也没再过问此事。

我深陷在沙发里，心想难道真是老黄催着东山宾馆改制？当市长五年来，自己和老黄总体还是罩着脸面的，纠结的事情除了企业改制之外，再就是用人问题。比如说三年前，老信访局长退休，物色接替局长人选时，老黄选了个在妇联当副主席的小艾，小艾工作不错，但人长得太漂亮，说话慢声细雨，像某个热播电视剧里的女主角。我对此有顾虑，信访局虽说是窗口单位要有形象，但也要讲究访民心理，你派个美女去接待访民，访民养眼啊！老黄不听，坚持把小艾派了去，结果正如我所料，自从小艾去了后，信访大厅的访民成倍数上升，访民们甚至在网上建立了小艾吧，对她人肉搜索评头品足，把小艾弄得很尴尬。但这事过去也就过去了，估计老黄也不会放在心上。

我起身沏茶，在开水冲泡茶叶翻滚的瞬间，忽然嗅到了常常在礼堂中嗅到的那股奇怪的味道，揉揉鼻子，这味道愈发浓重了，连打了三个喷嚏，才慢慢恢复了常态。这味道从何而来呢？不在饭时却能嗅到这种充满诱惑的味道，会让人心烦意乱。

想给李正打个电话，但马上打消了这个念头，我要等着李正来电话，相信李正会来电话的，王义来电记录的电话本我翻过，李正的名前没有那个醒目的对号。我不知道自己为什么老是放不下李正，是因为李正跟了自己五年吗？五年，是形影不离的五年啊！李正几乎成了自己的影子，影子一旦不在，人便会感到一种孤独和尴尬。过去，一天里会接无数李正的电话，现在突然一个也没有了，像少了些什么。我也想过，李正现在有了新的市长，新市长刚刚上任，身为秘书长李正跑前跑后一定忙得不可开交，可是，再忙打个电话的时间总会有吧。我甚至想，莫不是李正处于一种不被信任的危险境地？因为一般来说，新一任市长都要选择一位自己的心腹任秘书长，内官不用旧臣，自己当年不也是这样做的吗？如果按照这个思路想下去，李正急于改制东山宾馆就意图明显了，这样做无非是想向老黄和何阳表明一个态度。我的胸口有些闷，从包里摸出一小瓶丹参丸来，也不数粒数，倒出一小把吞下去，然后打开电视，选了戏曲频道，看一出不知名字的折子戏。

尹五羊、周老板和王义回来的时候，我才发现自己看了半天电视竟不知看了些什么。王义在市场上淘了一个小叶紫檀笔筒，雕工甚好，捧来请我鉴定。周老板则买了一块火柴盒大小鸡血石，这不用鉴定，因为是在正式珠宝店买的，产地、证书等一应俱全。王义说，郑市长到了人大，工作不像以前那么忙了，可以练练书法，练书法要有好笔，有好笔自然就要有好笔筒，我看到您办公桌上有几支湖笔，却插在一个树脂桶里，这就像千金小姐却穿了一身粗布衣裳一样，不般配，所以我就选了这小叶紫檀的笔筒。我接过笔筒，用手一摸就知道这的确是个好东西，摸紫檀的感觉就像摸婴儿的皮肤，是一种有血有肉的细腻，这笔筒虽说不是古董，但木质、雕工堪称一流。我点点头：是小叶紫檀，没走眼。

再看那块鸡血石，是典型的昌化料。周老板说：写书法没有像样的印章怎么行？回去请人刻一方闲章。我端详着鸡血石，血色鲜艳，润泽如冻，应该是上品。由这块鸡血石我想到了朱成碧，要是朱成碧在，肯定能刻出一枚好章。正端详间，尹五羊在一边说，把石头给我吧，我找人给远桥刻。周老板说好，尹总认识的名家多，这事就让尹总办吧。把石头包好给了尹五羊。

我和尹五羊、周老板都对石头有一知半解，便就着眼前这块昌化鸡血谈论起中国的奇石来，尹五羊只对和田玉的籽料感兴趣，其他三大名玉他说看不上眼。周老板喜欢寿山石，他的理想是搞到一块真正的田黄。我说自己爱好比较杂，什么和田、独山、蓝田和岫玉，只要看上去养眼的，我都喜欢，还有台湾的七彩石，将来或许能与昆仑玉比美。尹五羊说你是当官的，当官的要爱好广泛，不能太专业于某一行当。我问是什么道理，尹五羊道：精于乐必荒于政，你要是投入于某一嗜好，蓝城的事业就荒废了。

王义接了个电话，或许怕打扰我们谈论鸡血石，他听了几句后便到走廊里去通话。回来后，见大家还在议论石头，王义突然冒了一句：我们早点回蓝城吧。

我和尹五羊面面相觑，不知道王义为什么没头没脑地这样讲。我慢腾腾地问：家里有事吗？

王义眨了眨眼说：我听到一个消息，说家里正在动干部，不知是真是假。重要的人事安排，我想至少该征求一下您的意见。王义知道所有蓝城打来的公务电话，都是打到他的手机上，没人来电话沟通干部事宜，这一点他很清楚。

我的嘴唇微微欠了欠：我现在是跳出三界外，不在五行中，是个度假养生的闲人，不关心什么人事安排。

周老板推了王义一把：你老兄糊涂了，不管人事怎么安排，不都得等老大回去开人大常委会选举嘛，老大一枝不动，百枝不摇。周老板喜欢称我为老大，尽管我一再提醒他不要这么叫，但周老板总是改不了口。

可是，这次要动的是李正呀，李正可是郑市长的老部下。王义有些急，他知道李正和我关系不一般，这一点，在蓝城政坛已经不是秘密。

周老板眼睛转了转，问：怎么个动法？

王义说：听说是由秘书长改任发改局长。

周老板不太了解政府的事，问：发改局长是不是比秘书长的位置好？有人说发改局管项目管钱，是婆婆，秘书长整天就是吃喝拉撒睡，再大也是媳妇。

我没有回答，从沙发里站起来，缓步走到窗前，窗外瘦西湖垂柳如雾如烟，远处二十四桥若隐若现，给人一种虚无缥缈的怅然。看来苏杭二州是不能去了，江南再好，毕竟不是自己的乐园啊!

归去来兮! 田园将芜胡不归? 既自以心为形役,奚惆怅而独悲? 我想起了陶渊明的这首诗。

我转过头,见尹五羊拿一本通讯录正翻看,一边翻一边头也不抬地说:远桥,是该回去了。

我深吸一口气,对王义说:人家尹老板不想为我们付盘缠了,你俩去准备一下明天打道回府,但不是蓝城,回灞县。

周老板和王义出去后,我问尹五羊:七喜的事你一手安排的?

尹五羊不紧不慢地说:我一个厨子能安排什么? 我只能安排饭局。

日记八

　　2009 年 5 月 1 日。晴。回到灞县小住，心如大河之水由峡谷流到了平原，变得日渐开阔起来。故乡，是给游子疗伤和慰藉的庇护所，在故乡小憩，你会感受到一种置身袋鼠育儿袋一样的柔软与温暖。五一是我的生日，拗不过大桩的好意，约了几个好友小聚。受邀者如约而至，唯李正缺席。吃饭的小店颇有特色，和瓜洲古渡的那个望江水有一比，店老板油嘴滑舌十分幽默，他关于河豚鱼的一番话语很有味道，可以佐餐下酒。酒后，想了几句打油诗权且记下：生日何所寄？觥筹见真意。日薄西山处，更喜晚霞丽。无友便孤独，官民皆同气。

老马识新途，永不言轻弃。

离开蓝城已有半月，周老板生意忙，到灞县后就回了蓝城，王义把我的司机小赵从蓝城叫来，加上我的"编外秘书"大桩，四个人打牌、钓鱼、踏青、会旧友、访故地，日子过得也算清净。

连我自己都忘了，5月1日是我的生日。但这个日子大桩却记得，当大桩提出要摆一桌席过生日时，我盯着这一天的台历看了好久。大桩与我相处没什么功利目的，到现在也没求我办过一件事，按理说大桩从警这些年，混个派出所所长还是应该的，但现在还是治安科老民警一个。我说大桩你能记着我的生日，让我心里很热乎。大桩说咱治安科的民警管户口嘛，记生日是长项，你、尹五羊、朱成碧，还有马小红的生日我都记在脑子里，想忘也忘不掉。你生日想吃什么？我顺口说：就吃河豚吧。

从扬州回到灞县，下榻在县政府的白洋淀宾馆，灞县几套班子的领导自然不能怠慢，纷纷上门看望，但我拒绝了所有的宴请，说自己身体不适，想好好调理一下。领导们悄悄问王义，王义闪烁其词，并不说我身体哪里不适。话传来传去，便传出我肺部长了个东西的说法。这说法很能让人相信，因为我嗜烟如命，一天两包芙蓉王，如此抽烟，肺上长东西不奇怪。

蓝城离灞县不远，一些市领导借口下乡调研来灞县看我。

老柳来了，话不多，却硬。他见我一根接一根抽烟，就说：少抽点吧，抽烟能抵个屎儿？老柳是唐山人，说话尾音上翘，再严肃的话经他口一说，像单口相声一样惹人发笑。老柳任常务副市长和我工作配合很默契，能力也不差，本来我是推荐老柳接任自己的，但上级有规定，市长不能本地产生，老柳参加工作才从唐山来到蓝城，是属于本地还是属于外地，在于老黄一句话，但老黄对老柳成见根深蒂固，老柳便成了本地干部。问题是老柳不但正职没当上，还因副职已满八年需要交流，提前转到了人大，任副主任、党组副书记。老柳个不高，眼眉却又黑又密，络腮胡子也重，我每次出国，都给他捎一个电动剃须刀，什么三洋、飞利浦、松下，国外的名牌几乎买遍了，但再好的剃须刀老柳也用不住，少则几个月，多则一两年，好端端的剃须刀便转不动了。老柳说自己的胡子像猪鬃，还是用刀片刮方便，但这样一来，老柳的下颌、脖子处总有刮破的伤痕，血丝甚至常常沾在衬衣的领子上，成为他专有标志。

我说：就这么点爱好，难以割舍。

老柳道：当了五年多的常务，现在不会干了，常务常务，成了常常被耽误。老柳显然有牢骚。我笑着劝他说：要怪就怪我吧，我这人名字不好，是一座远处的桥，没让你借上力，结果落水了，不过，这一步早晚要走的，你跟我来人大不还是常务嘛。

老柳说：我他妈就没有当正职的命，当什么都是副的，去年得了个鼻窦炎，医生说也是副的，我就纳闷了，难道真有副鼻窦炎这么个病？

我说：有的，你这一脸胡子医生也不敢调侃你。

老柳叹口气：这些年忙惯了，闲下来难受！说完，从包里掏出几条芙蓉王往床上一扔，说：别人给我的，我不抽，给你吧。

一边劝我少抽烟，一边给我送烟，你这不是自相矛盾吗？

矛盾就矛盾吧，反正我心里也矛盾。

老柳临走时，突然放低了声音说：别的事可以睁一只眼闭一只眼装超脱，干部问题可要瞪起眼珠子来，这不是为你自己。我心里一颤，用力在老柳的肩膀上拍了拍，没有说什么。

老柳来过之后，市委组织部苏部长来了。苏部长是老常委，又是常委中唯一的女性，是明年市委换届副书记的不二人选。苏部长是带着一份名单来的，她受黄书记委托，来征求新一届政府组成人员构成意见。

接过名单，眼睛扫一遍，心里便明白了大概。这些干部都是再熟悉不过的人，名单中，李正果然是发改局长的人选，而政府秘书长由原财政局长季大爪子接任，财政局长则新提拔了一个副处级干部刘清。季大爪子是绰号，一方面这个人手大，另一个方面这个人会划拉钱，何阳选这样一个秘书长很有点意思。至于这个刘清我没有印象。

刘清是干什么的？

苏部长说：刘清不是政府系列的干部，是市委政研室的副主任，笔杆子，经济学博士，他整天在东院转悠，您不会熟悉。

我"哦"了一声，知道这一定是老黄提名的人选了。财政是大局，要协调国地两税，一个笔杆子主政能行吗？我心里画了个问号，但没有说什么。我知道苏部长这是例行公事，五年的市长经历让我很清楚，政府的几个重要部门，都是由书记市长把着，提名权不会旁落他人。

苏部长说：如果对名单没有异议，最近就要上书记碰头会了。

我点燃一支烟，吸了两口，脑子里开始排兵布阵，心想，该让苏部长带几句什么样的话给老黄呢？半支烟下去后我说：对名单，我没有大的异议，但个别要害部门的人选，需要再斟酌，还是用一些能看准的干部好，当然，我这仅仅是个建议。

苏部长对我很了解，知道这话里的含义，起身说：我把您的意见转达黄书记，有的岗位人选，黄书记和您还会再通气。

传言被证实之后，心里倒平静了许多，只是李正没有来濡县看我，这让我有些不解。我理解李正，当下正是李正在新市长面前表现的时候，过于谨慎的他怎敢分心？再说东山宾馆的改制也不是小手术，七喜已经辞职去了北京，宾馆一摊子事情李正会费些脑筋。

大桩穿着便服来到宾馆，把一份拟好的名单递过来。名单上一共七人，都是平时走得较近关系密切的下属。

搞什么鬼？你又不是组织部长，拟这样一份名单干什么？

大桩说：你的生日宴会贵宾名单呀，我和王秘书长商量，请的人不能太多，请了七个，加我们三人正好是十，取意十全十美。

我们几个吃不行吗？非要请客人？

不中！大桩很坚决地说，五羊为这事特意打来电话，说人越是在低谷的时候越要高调，否则就走不出低谷。

什么低谷？我皱皱眉头，当人大常委会主任就是低谷了？这个尹五羊以为自己是个政治家，不过就是个厨子而已，在我这里装什么大瓣蒜。我心里嘀咕，嘴上却没有说，毕竟五羊是出于好心。

反正五一放假，好久没见了，吃个饭也没什么。王义在一边附和。

我常常感慨自己生日的辛苦，赶上个劳动节，还是国际的，就是一个操心的命。既然大桩和王义这么说，我也只好同意，就提出不去大酒店，找个有河豚的小店就行。

大桩说尹五羊已经安排了，就在他五羊饭店。

我想了想，五羊饭店档次太高了，还是找家小店吧，让尹五羊买单就是了。

大桩建议：县一中旁有家扬州河豚馆，火得很，咱们去那里吧。

那就去扬州河豚馆吃河豚。我点点头，忽然又嗅到了那种鲜美的怪味。

我本意不想庆贺什么生日，进入知天命之年，男儿五十愁封侯，立功立德立言样样没有着落，何事值得庆贺呢？从市政府转向人大，就说明工作从一线退到二线，人大工作再重要，也不能到一线去厮杀了，只能在看台上当评判员。借此一聚，主要考虑出来日久，有些亲近的人也想见见。我看到名单里有七喜名字，知道这是大桩的主意，就说女士就不要请了，七喜在北京不方便回来。

大桩说：只要您发话，她敢不来？打飞机也会回来。

别强人所难，喝酒有女士在场连玩笑都开不得，还是算了吧。

大桩耸耸肩：我定的是十人的台子，再找一位吧。

明天吃饭叫上李正吧，我正好有事想问问他。

大桩揶揄说：你就是护犊子，不当市长了还想着李正。

生日宴如期举行。

扬州河豚馆店面不大，牌匾是黑底金字，宫廷体楷书，门两侧还挂着一副黑底金字的楹联：

寒夜客来茶当酒，
竹炉汤沸火初红。

我琢磨着楹联的含义，觉得这联似乎挂错了地方。屋内摆了一大两小三张桌子，桌椅都是藤编的，显得很雅致。店主姓王，肚腩极大，豆腐包一样下垂，似乎时刻有崩断腰带的危险。胖子说他这家扬州河豚馆，门脸虽小，但生意不错，来客都是当地有头有脸的主顾。我问什么叫有头有脸呢？胖子说当然是指领导了。我夸他说领导经常光顾你的小店，说明酒好不怕巷子深。胖子很得意地说：酒好不敢说，我的河豚可是正宗五羊料理，没的说。听他提到五羊料理，我感到很好奇，看来五羊的品牌今非昔比。我又问：你这里的河豚是野生的还是养殖的？谁来加工？胖子指着墙上的几幅照片说：野生的和养殖的都有，价格不一样，养殖的由我徒弟加工，野生的就由我亲自操刀了。我点点头：野生的有毒，你当大厨的亲自操刀是确保安全。

陆续赶来的有人事局局长栾鹏、市委办主任孙克勤、供电局局长马坤、监察局局长吕学义、公安局政委张毅和城建局局长田奎，只有李正没有如期到。我边喝茶边问大家近况。

栾鹏是个接近退二线年龄的老臣，在中层干部中很有影响力，是我了解中层动向的鱼漂。栾鹏垂着两只硕大的泪囊，看着电视上正播的一部清朝宫廷剧不紧不慢地说：这年头宫廷戏太多了，康熙、雍正、乾隆天天都在忙，想不到死了几百年倒成明星了。栾鹏没有说蓝城的事，他的话一向闪烁其词。

孙克勤是东院的人，我任市委副书记时与其建立了私交，五年来，我们一直保持这层关系，这种私交像潜泳，不能随便冒出头来。孙克勤说这段时间太忙，黄书记不离开办公室，他就不能走，今天五一也没休，他找了个借口让秘书顶班，开小差溜来了。

马坤则很逍遥，他是中直单位，用不着跟谁请假，所以他来得最早，还给我带了两听明前龙井。马坤说这个月蓝城工业用电量在下滑，这不是好兆头，统计局其他数据能造假，用电量这个数却没法造假，看来蓝城工业有点松套。

监察局局长吕学义比较古板，是个唯我指示是从的好人，他是部队师职干部转业到监察局任局长。吕学义是我的一把利剑，查办了许多政府干部吃拿卡要的案子，也得罪了不少人。他说政府换届完了，本以为闹哄哄的蓝城会平静下来，谁知中层这一块又活跃起来了，也不知从哪里冒出些地下组织部长，把干部安排得有鼻子有眼，虽说不能信，可有的也绝非空穴来风。

张政委是从外地交流来的干部，和我住一栋宿舍楼，晚饭后我们常常一起散步，两人的关系也自然近了一些。张政委说，政法委这几天工作紧起来了，一天一个会，好像要严打一样。我知道政法委主持工作的副书记老胡一向是个消极怠工的牢骚王，他怎么会突然来了精神，莫不是老黄给他打了鸡血？

城建局长田奎是个一心抓城市建设的好干部，每年除夕之夜都上街帮环卫工人扫鞭炮纸屑，是市级廉政勤政标兵。他说了一个令我很震惊的信息，何阳在筹划环卫体制改革，总的想法是将环卫由事业改成企业，由政府雇佣保洁公司来扫大街。这个动议原来有人提过，被我否决了，理由很简单，环卫工人扫大街不光是为了钱，他们内心里有一份高尚的荣誉感，如果变成保洁公司，那就是购买服务，给一分钱办一分事，把属于精神层面的东西给改没了。保洁公司的目的是赚钱，保洁工人的目的是挣钱，这样就抹去了环卫工人职业向来受人善待的光环，变成了纯粹的金钱关系。我没有评论田奎带来的消息，从田奎这个老实人的表情看，他是不情愿搞环卫体制改革的。

过了约定开饭时间，李正还没有到。王义起身到外面打电话。过了一会儿，王义回来了，对我说，李正有事来不了了。大桩睁着一双河豚眼说：不对呀，我昨天通知时他说得好好的，怎么变卦了呢？我击掌一声道：上菜！

生日宴的酒我没让别人开杯。我斟满一杯衡水老白干起身说话：

如果说我的生日是个由头，那今天就算生日宴吧，菜是我选的，酒是大桩在家里带的，65度老白干，说明酒既纯又真，可以放心喝。都是老朋友，我也不客套，今天这个日子让我想起一个历史故事来。1947年，毛主席转战陕北的时候，12月25日，在一个叫杨家岭的地方召开了那个著名的12月会议。会议第二天就是毛主席的生日，参加会议的同志嚷着要吃毛主席的寿面，毛主席说：有什么开心的？延安都丢了，还祝什么寿？我郑远桥不敢和伟人比，当市长时可以不过生日，当了人大常委会主任这生日就一定要过，不仅过，而且要过得高兴，因为我要还在座各位朋友的感情债！我提议，为蓝城和灞县的明天，为大家的健康，干杯！

说完，我喝了一个满杯。

干杯后我才意识到自己无意中竟然引用了尹五羊所谓还债赎罪的理论。

大家开喝，酒桌上气氛热烈。

胖子老板过来敬酒，他眯着两眼说听说领导过生日，一定要敬领导一杯酒。胖子是个闯南走北的人，谙熟人情之道，他特意定做了一个奶油蛋糕，亲自端了上来。我坐着未动，却把手中的酒杯举得很高，以示谢意。喝过酒后，大桩表扬说，今天菜烧得挺棒，尤其这河豚，味儿特鲜。胖子笑笑道：这河豚也就你们当干部的吃才能吃出滋味，平头百姓吃，还不如吃红焖肘子了。我好奇地问：为什么这么说？胖子双手捧着喝干的酒杯说：河豚有三绝，一绝是一心两用，它两只眼睛一只盯着食物，一只放哨，用干部的话说，这叫两手抓。大家都笑了，这胖子还挺幽默。胖子说：第二绝是诈死，渔民捕到它时，它会迅速吸气，膨胀成圆鼓鼓的状态来诈死，让人觉得可恶难看，恨不得踢它一脚，这样，它会翻身入水躲过一劫。当干部的管这叫假象，叫计谋。大家都没说话，这个比喻似乎有些不中听。这第三绝嘛，就是嘴硬，一条斤把重的河豚，能一口咬断细铁丝，要是让它咬到手指头，连骨头带肉一口就下来，这一点太像当干部的了，干部嘴大牙硬，说话办事咬钉截铁，所以河豚又叫干部鱼。干部吃干部鱼，这不是天经地义的事情嘛。大家又被胖子逗笑了。

恰在此时，服务员端上了一盘西施乳，几个人盯住刚刚上来的这盘菜不明就里，因为在座很多人都没吃过这道菜，似乎都在琢磨，这粒粒蚕豆般的东西，是不是也会变得鹅卵石般硬起来？胖子笑眯眯地道：各位领导来了，本店特意赠送一道西施乳，请各位品尝。

你哪里学的这道菜？我问。河豚馆里有西施乳出乎我的意料。

胖子说：我师傅呀，我师傅可是国内鼎鼎有名的大人物，五羊集团董事长尹五羊！

尹五羊什么时候收了徒弟？我感到很纳闷，尹五羊对收徒之事从未透露过。

尹五羊真是你师傅？

胖子自豪地笑着，回答说：其实，尹总是我师爷，我是尹总徒弟的弟子，但保证是真传。

我心里笑起来，五羊这家伙都有了徒子徒孙，却包藏得滴水不漏。

胖子接着说：我师爷常给京城的大人物主厨，徒弟遍布京城和各地的国宾馆，他还是中华烹饪协会的副会长，算起来是国家级官衔呢！

胖子这句话把我逗笑了，我倒了一杯酒起身回敬：你不但能当厨师开饭店，我看还能说相声。

说相声不敢当，我想将来当个师爷那样有身份的厨子。

那你就像你师爷那样努力吧，要有绝活。我鼓励他，知道他说的是真话。

在灞县闲居的日子，除了扬州河豚馆小聚，再没参加什么活动。蓝城上下关于我肺部长了东西的说法传得沸沸扬扬，王义建议回去在公开场合露露面，电视里上上镜，谣言即可止住。我笑笑，肺里长没长东西自己清楚就行了，为什么要让别人知道？王义说这么传下去，对你开展工作不利。我说不利就不利吧，我现在以闲为重，要那么多"有利"干什么？王义不明白我葫芦里装的什么药，一双小眼睛眨个不停。上次聚会李正缺席，他已经看出李正不是真有事，而是找托词不参加宴会。他没有对我说破，看我也没把这件事放在心上，连半句埋怨的话都没有，暗暗感慨我和李正的关系。他对大桩说，扬州时李正没有电话，领导不责怪；这一次，李正缺席生日宴会，领导还是没生气，要是换了一般的关系，不骂娘才怪呢！

在灞县，每天和大桩、王义，还有司机小赵打牌，玩一种打滚子的玩法。我和大桩对伙，结果十次有九次是王义和司机小赵赢。大桩忍不住就埋怨我出牌不认真，说要是赢钱的话，俩人连裤子都剩不下。开始，我并不在意，大桩说得多了，就不慌不忙地跟了一句：动真的，不见得就输。王义和小赵自以为早就对我的牌技了如指掌，就怂恿动真格的。

我说：赌钱肯定不行，如果你们真要动输赢，咱就赌酒吧。

王义和小赵同声响应，大桩却有些犯怵，他知道与我对伙肯定会输，就提议说：啤酒吧。一次一瓶。王义和小赵不同意，要赢就赢白酒，一次两口杯。三个人都看着我，意思是由我来定夺。我不紧不慢地说：白酒，茅台，一次一瓶两人分。三个人都傻了眼，互相看了看，谁也没说话。我让小赵去车里拿酒，车里有几瓶礼品茅台，已经很久了，正好拿来赌酒。

小赵乐颠颠去车里拿来了酒，向大桩做个鬼脸，说得罪了，这回喝酒吧。四人坐定，大桩反复洗了三遍牌，然后看看我，我若无其事，嘴里衔一根烟漫不经心地上牌抓牌。大桩心想完了，这瓶茅台肯定要灌进自己肚子了。

牌抓到手后，大桩感觉自己的牌还不错，脸上透出喜色，我的牌也不错，有俩大一小三个鬼，还有两个滚子，有这样一副牌可谓可遇不可求。我问对家：有大鬼吗？大桩点点头，他没有想到我会有扣鬼的想法。我看他点头，就让他把手里的大鬼扣了，自己接着扣了两张大鬼，这样本局牌就是一把定输赢了。大桩的手有些抖，他不知道我的牌是真好还是假好，因为这几天打牌，我从来没有扣鬼，没扣鬼都输牌，这回动真格的，还一次扣了仨鬼，会有多少胜算？

我这次出牌十分怪异，全不管打滚子的一些套路，以往按部就班的打法不见了，弄得对手慌了架势，短短十几分钟，扣了仨大鬼的一局，竟然赢了！

　　大桩从椅子上跳起来，欢天喜地忙着开酒倒酒。王义和小赵傻了，还在检讨刚才是不是出错了牌。大桩不给他们检讨的时间，端着两杯酒逼他们硬喝下去。王义和小赵在我的微笑里每人喝下半瓶酒。再开牌，王义手里的牌有些拿不稳，总是往下掉，小赵的眼皮也开始耷拉，牌，打不成了。大桩伸出大拇指说：难怪您能当大官，您是一局定乾坤呀！

　　我说：小赌赌钱，大赌赌命，关键时要敢于孤注一掷。

日记九

　　2009 年 5 月 4 日。青年节。尹五羊从日本回到灞县，知道我还在灞县，请我到五羊饭店吃饭，这顿饭是为周总而吃。周总横遭困厄，我却一筹莫展，五羊主动请缨欲平事捞人。五羊能量如此之大出乎我的意料，他像一只勤劳的蜘蛛，总是不停地在编织各种网，什么厨子网、秘书网、高官网、同学网，我原本对这些所谓的网是不屑一顾的，没想到关键之时这些网还真能立竿见影。我问他用什么手段来摆平此事，五羊回答颇有意味：别忘了我是个厨子！

在灞县逗留的日子，周总没有陪同，说是公司有事需要处理，便从扬州直接回到蓝城。生日宴刚过，蓝城传来消息，周总被检察院拘留了，原因是偷漏税。

如果说七喜辞职去北京是一条令人伤感的消息，那么，周总被立案调查简直就是坏消息。周总的事不能不管，蓝城上下都知道周总是我这个市长引进的企业，这个时候拿周总问罪显然是醉翁之意不在酒。我让王义给公安局张毅打了个电话，问周总的事情起因何故，张毅说此案不是市局经侦支队干的，是反贪局在搞。反贪局搞的，来头一定是政法委，政法委常务书记是老胡，我不便再打电话，心里却在一页页翻阅往事。

政法委主持工作的副书记老胡是个脑子从来不装条条框框的人，什么红线、黄线在他眼里都是色盲一般的灰线。老胡原来在下面当县长，因为没经国土部门批准，占地建了一座规模不小的清平寺而遭到举报，上访信上有三级高官批示，国土部门层层查下来，蓝城想捂也捂不住了，不得不依法依纪进行问责。案子是纪委查的，问责却让市长来启动，黄书记说这是行政案子，属于行政监察，你老郑就走走程序吧。我只好找老胡谈话，让他表态接受处分。老胡火气很大，像头见了红布的公牛，见谁顶撞谁。他说：这些年蓝城招商引资引进了几个企业？有几个税收？我建清平寺没有手续不假，可是效果怎么样？现在的清平寺香火鼎盛，已经是蓝城的一块旅游品牌了，拉动了地区经济，你们不奖励我也就算了，还要问责我，这不公平！我说上级有批示，这件事不能不处理，你建的庙，不扒掉就是你的政绩，去上香拜佛的人都会感激你这就足够了，你还想要什么？老胡气呼呼地说，国土部门说违章，让他们把庙扒掉就是了，违章建筑还保留它干什么？老胡知道没有谁会去毁一座庙，故意这么说来赌气。我觉得老胡有些过分，便冷下脸来道：国有国法，党有党纪，不能因为发展经济就去碰红线，这点道理都不懂，难怪你犯错误！但批评归批评，对老胡，市委还是刀下留情了，他在受到记过处分之后，平级调动到政法委任副书记，主持政法委日常工作。政法委位置虽然重要，但毕竟不是名副其实的一把手，上面还有担任常委的书记，老胡就有点闹情绪。上班没几天，老胡就向政府打了个报告，说他的红旗车太老太旧，要换辆奥迪，报告到了我桌上，我只是轻描淡写地批了两个字：缓议。这件事老胡很有想法，传出话来，说什么车是官之仪，他是人熊车也孬，和武大郎一个档次。黄书记为这事找过我，商议能不能考虑一下老胡的车，我当即拒绝了。购车的口子不能开，一大摞报告在案头压着，给老胡买，别人的请示怎么办？要买也要成批研究，不能零揪。

现在，突然间冒出个周总的案子，我心里也能猜出个大概。人代会闭幕后出来本想讨个清净，现在看，这世界上根本就没有清净之处。我感到自己像一张蛛网上的蜘蛛，无论爬到哪个角落，身后总有一根黏黏的丝线在腚后牵着，不能自主。这是体制，体制如同蛛网，会把撞进网里的一切都牢牢地粘住，除非你是一只有着强大外力的飞鸟，一头把这蛛网撞出一个洞来，否则，你只能被缠住，而且越缠越紧，动弹不得。

我被一种沮丧的情绪缠绕着，这是一种难以自我排遣的情绪，想摔东西，想大吼几声，但什么也不能做，只是看着天花板上那个消防喷淋装置出神，那个装置上有个小小的红灯，一闪一闪，如果不留心，很难发现它的存在。这时，一个来自北京的电话，让我沮丧的心情更加晦暗起来。

电话是七喜打来的。七喜的声音很细，像羽毛在耳边轻拂。我想订婚了，她说，男朋友姓单，是个高干。我没有插话，只是屏住呼吸听。七喜说：我们是多年前在腊头驿认识的，其实也很偶然，他在省里当厅长时来腊头驿吃饭，吃服了河豚，很喜欢，便常常私下来吃。后来他提拔到了北京，几天前的一个晚上，不知怎么就在车里看到了我们在四环路边刚开业的翰坊河豚馆，进门问有没有西施乳这道菜，就遇到了我，我们交流后，才知道他夫人几年前车祸走了，他一个人，位高身单，挺不容易的。那天见面后，经过几天交谈，感觉很谈得来，昨晚向我求婚，我问他求婚的理由，你猜他说什么？他没说怎么喜欢我，只是说喜欢我做的菜，他说胃喜欢，心才能接受。这话打动了我，从进入歌厅打工那天起，就遇到很多夸我美丽的，说我赛过西施比过貂蝉，但我知道，美貌这种东西就像夏天的水果，是很难保鲜的，当青春逝去韶华不再，我靠什么资本享受这份爱呢？我想自己终归是个小人物，早晚要嫁人，虽说感情发展快了点，可我们毕竟不是初次相识，我想答应这桩婚姻。

我想起来了，省里确实有个姓单的厅长几年前奉调进京，现在是一个要害部门的副职，但他是何时看上七喜的呢？七喜从来没有透露过，如果没有铺垫的话，七喜的决定就太快了，像时下流行的闪婚。我想，此事背后肯定有尹五羊的影子，尹五羊乐于助人，什么忙都愿意帮，以他的人脉，介绍单厅长给七喜是很简单的事。

必须承认，七喜的选择是对的，一个优秀的女孩子一定要嫁人，不嫁人就不能算真正做了一回女人。尽管和七喜之间没有任何超乎友谊的情感，但在听到七喜要订婚的消息后，我还是挺纠结。七喜是个难得的好女人，美丽端庄又善解人意，还能唱一腔让人意乱情迷的越剧。在形象上七喜像朱成碧，但在情感上朱成碧却不如七喜。朱成碧太过理智，太过绝情，跑到日本多年，连个电话都不打。七喜要完成某种转身了，为什么这样的消息都会集中在自己刚刚卸任市长的这个春天？记得林徽因有过一首诗，似乎有"万古人间四月天"一句，这说明在诗人的眼里，春天是最美的，可是对于我来说，这个春天却晚秋一般充满惆怅。

七喜在电话里说：欠您的，我一定会还的。

我感到很疑惑：你欠我什么呢？你什么也不欠。

七喜道：电话里不说了，你记住我说的话，我会还的，到时候再告诉你。

七喜是个知恩图报的义女子，或许是受了尹五羊那套赎罪还债歪理的影响，才有了这番欠与还的话。常言道近朱者赤、近墨者黑，尹五羊的歪理邪说对下属产生洗脑般的影响这并不奇怪。安排七喜弟弟工作，不过是举手之劳，七喜却一直念念不忘。七喜在电话还透露了一个消息，周总的案子似乎不是简单的经济案子，尹五羊知道些内幕，必要的话可以让尹五羊想想办法。

我说不就是一个司法调查吗？没什么大不了的事情。

七喜问：问句不该问的话，您在周总身上有没有闪失？

七喜这是问我拿没拿过周老板的钱，这也是此次调查的目的。

我反问她：你知道我从政的座右铭吗？七喜说不知道。我说：女人和钱，是两条带电的高压线。

电话的另一边传来开心的笑声。脆脆的，动听悦耳。

我相信您，老市长，祝您好运！

尹五羊是在七喜告诉我她和单厅长订婚后来请我吃饭的。我俩来到五羊饭店，这是五羊集团发家的源头店。我说叫着大桩一块吃吧。五羊说：我俩谈正事，这次就别叫了，他们来了一闹，什么正经事也谈不成。我便依了五羊。我赴宴的时候特意带上了多年前项部长给我的那块昌化鸡血石，这块石头本来就是尹五羊的，是五羊的八大山人真迹交换的，应该还给五羊。这块昌化鸡血升值太快，与当年老项给我的时候相比，已经是个天价，这么贵重的东西放在我的提包里也是一个负担。

五羊饭店的房子已经由军产改成地方民用，我们原来住的部队大院早就因撤编而没落，被人买去变成机械加工厂。院子里的梧桐、杨树和银杏也早被砍伐殆尽，原本宽阔的操场上成了原材料的堆放地。

真应该感谢五羊，如果没有他的五羊饭店，这个原本气派红火的部队大院，就彻底颓废了。正是五羊饭店以它辉煌的门面和兴隆的生意，让这个大院得以薪火不息。在灞县，人们到五羊饭店吃饭都会这么说，走，到大院聚聚去，这个大院，当然就是指我们住过的这个部队大院。

五羊饭店的招牌还是朱成碧刻的四个楷书大字，尹五羊把字漆成绿色，落款"成碧题"三个字也是绿色，在黄色的花梨木板上，这绿色很入眼。

我仔细端详着朱成碧的题字，心里像忽然刮起一阵旋风，陈芝麻烂谷子在脑海里飞舞不停，不知怎么眼角就有些湿，我下意识地用手拭了一下，大步迈进屋里。

吃什么呢？坐下后五羊问。

当然是吃河豚了，我说。河豚已经成了我离不开的最爱，五羊、七喜、大桩、李正和王义都知道我的这一嗜好，当然，我也不是天生爱吃河豚，这都是受尹五羊的影响。

按理说，人在气头之上是不能吃河豚的。河豚之毒入肝动火，这是《本经逢原》里说的。五羊又卖弄他的学问。

我怎么就在气头之上？我问。

周总出事了难道你不知道？五羊边倒酒边问。

我没有回答，我不得不承认，五羊是钻进我肚子的蛔虫，我的喜怒哀乐瞒不过他。

反贪局在调查他们公司税收方面的问题。五羊接着说，为什么在这个时候动周总呢？全蓝城的领导干部都知道周总陪你到上海看过病。

鬼知道是什么原因，我说，让他们查吧，我相信周总不会干违法的事。

这事要抓紧摆平，否则会影响周总的业务，更何况现在人已经进去了。尹五羊说，做生意的就怕惹官司，官司拖个一年半载，生意怎么做？

司法的事，我不好干预。我对五羊说。

还是我来办吧，但我想摸摸底，周总一案背后的推手根有多深，这个你心里最清楚。

你来办？你怎么办？我知道尹五羊关系网不少，但他在司法界的关系我还没听过。

我有资源。尹五羊说，我知道你这个厅级干部只是省委党校的研究生，而我，却是清华的博士，总裁班的。

尹五羊是清华总裁班的博士？这对我来说是一个奇闻，他什么时候上的清华，什么时候毕业，我全然不知，这家伙总能制造奇迹给人惊喜。

你读了几本书？敢称博士？我觉得好笑，如果说不是总裁班而是烹饪班，我还相信，总裁班可是精英培训，都是全国工商界的顶级人物。

尹五羊摇摇头道：这你就不懂了，参加总裁班的，不是为了听课读书，目的是为了结交人脉。我们班有五十个总裁，五十个人就是五十本书，读懂了这五十本书，全国各地可以横着膀子走。

尹五羊说得在理，其实何止清华，领导干部进党校也多是为了能多结识一些同学，建立相互关照的同学圈子。有人对进党校学习甚至编了个顺口溜：交交人儿，养养神儿，学学词儿。现在的高等院校深谙此道，频频办这种高端高学费班，利用自己的招牌来赚老板的钱，愿打愿挨的事情。

你怎么想起到清华学习了？

尹五羊的神情黯淡下来，他叹了口气，说你还记得吴燕吗？

吴燕曾是尹五羊的妻子，一个喜欢穿瘦小紧身上衣，总爱仰脸走路的漂亮女孩。我说当然记得，不是你的前妻吗？你们结婚我还去了，我记得送你的礼物是三洋牌手提录音机，就因为她是瀍县一中的音乐老师，我才选了这个礼物，花了我两个月工资。要知道你们后来离婚，我还不如送你一套双立人刀具了。

是啊，可你知道我们为什么分手？

你们性格不合，这是你告诉我的。

我看到尹五羊的眼光像蒙上了一层雾，变得迷离模糊，他和吴燕分手的事同学们都知道，因为当初两人结合时，同学们就说他们不会有好结果，一个搞高雅音乐，和钢琴萨克斯打交道，一个开饭店和油盐酱醋打交道，这是两股道上跑车，很难有交叉。大桩曾告诉我，吴燕和尹五羊分手，责任在五羊，因为两人结婚后，五羊花钱让吴燕自费去法国留学两年，这两年，吴燕发生了质变，对尹五羊的态度由热变冷，最后劳燕分飞。

说到底，我们分手的原因是吴燕嫌我学历低。尹五羊说。

你们恋爱的时候，她不是清楚你的学历吗，为什么结婚后有了这种看法？我对尹五羊的说法将信将疑，灞县城不大，谁长谁短是瞒不住的，吴燕在嫁给尹五羊之前，不可能不了解他的学历。尹五羊摇摇头：人是会变的，昨天的我，不一定就是今天的我，而今天的你，也不一定就是明天的你。

在同学中，尹五羊最早结婚也是最先离婚的，他离婚后，又有马小红等几个同学离异，大伙都说尹五羊开了个不好的头。同学们都清楚，尹五羊在开五羊饭店的第二年与吴燕结识，那年，灞县一中到五羊饭店过第一个教师节，刚刚从蓝城师专分配来的音乐教师吴燕深情地唱了一首校园歌曲，把尹五羊的魂儿牵了去。后来，尹五羊就多次开车拉着吴燕去北京音乐厅欣赏音乐会。从灞县到北京，伏尔加轿车要开三个小时，但尹五羊乐此不疲，只要有好的演唱会、音乐会。尹五羊总是亲自开车拉吴燕去北京观看。所以说，吴燕应该有很长的时间接受了尹五羊的低学历，既然结合了，又怎么会以这个借口离婚？

结婚后也不是马上就有这种落差，尹五羊说，在她去法国留学了两年之后，我们就无法交流了。这好比两个人旅行，一个往山上攀登，一个平地上前行，开始还能喊几声，距离一远，彼此就模糊了。尹五羊头脑很清醒，他搔了搔稀疏的头发说，其实，分手也是一种解脱，当年我陪她到北京听音乐会时，她听得如醉如痴，我却止不住打瞌睡，开车辛苦是原因，更大的原因是我听不进去那些哼哼呀呀的东西。吴燕说我：听不进去就算了，怎么能打呼噜呢？引来那么多眼睛看你那张地包天的嘴。

其实嫌我学历低我还能接受，到她后来嫌弃起我的职业，我明白我们的婚姻走到头了。她说如果我真的心疼她，就给她自由，她想和女儿移民法兰西。我咬咬牙同意了。尹五羊今天说得轻松，当年的他是如何承受煎熬的没人知道。

是她对我的嫌弃，让我学了清华的总裁班，为这，我要感谢她。

这就是尹五羊，总是从别人的角度想问题。我被五羊这种态度感动了，端起杯说：五羊你不记恨吴燕这很好，毕竟夫妻一场，还有个孩子，为你这种豁达，我敬你一杯。尹五羊和吴燕有一个女儿，随吴燕去了法国，两人离婚时尹五羊主动表态，女儿将来生活学习的一切费用由他负责。这一表态当时也感动了一心想去法国定居的吴燕。吴燕说别怪我五羊，我无法改变自己，我一闻到你身上的河豚味就头晕。这话是谁传出来的不知道，同学们都知道吃惯了法式蜗牛的吴燕，不屑于五羊饭店的招牌菜——河豚。

尹五羊喝了杯中酒，道：我们不谈吴燕，还是说周总吧，要想办法把他捞出来。

什么叫捞出来？法律是公正的，我们应该相信法律。

尹五羊交叉着十指，用两根大拇指在相互绕着画圈，他说，法律当然是公正的，但法律又是人来执行的，关键是执行的人是不是公正。如果借着法律的幌子，来实施某种阴谋，法律又怎么能公正呢？尹五羊不愧在清华镀了金，虽说一年就上那么几天课，但法律方面的知识显然已经超越了一个厨子所需。

尹五羊接着说：有多少公正的所谓法律程序，导致了一些冤案的发生，比如说当年的苏格拉底，五百人的陪审团，有四百七十余人要求判他死刑，苏格拉底最终被送上了断头台，所以说程序的公正，并不能保证结果的正义，这正是现代司法制度的悲哀。在法律至上的西方，一些大毒枭就通过有能量的律师钻法律的空子，编织成无懈可击的虚假证据链，在法庭上实现了由有罪到无罪的所谓判决。

我简直不敢相信自己的耳朵，这是尹五羊发表的宏论？看来，清华绝非徒有虚名。我看着他，目光里充满疑惑与好奇。

你别这样看着我，尹五羊不好意思地笑了笑。我说的是实话，把冤案办成铁案的事情不是没发生过。周总在里面，你不捞他，万一屈打成招，会株连许多人。

尹五羊的话打动了我，作为官场中人，我知道制度的缺欠无法穷尽，因为制定制度和执行制度的人都不是完人。

你说你有资源，说说看。

我们总裁班有个大姐，是全国著名的律师，叫海虹。

我吃了一惊，闻名全国的大律师海虹竟然是尹五羊的同学！海虹参与过许多著名大要案的辩护，经常在电视法制频道主讲案例，是律师界的大姐大。海虹律师名气大不说，更厉害的是家庭背景深不可测。她公爹是国内司法界的泰斗级人物，尽管已经离休，但影响力不减，当年的下属遍布各省市，大都位高权重。尹五羊这个清华总裁班念得值！世风所致，有了资源就有了机会，难怪五羊饭店扩张风生水起，原来还多了这样一条捷径。

　　我想到北京找她，请她出出面。我已经约了她，明晚在翰坊河豚馆一起吃饭，不知你是不是方便去？

　　这样的事情我还是不出面为好，你自己去吧。但我要替周总谢谢你，患难之际见真情。

　　周总事小，你的事情才大，我还是那句话，还债、赎罪，做个心里敞亮的人。尹五羊又搬出他那套莫名其妙的理论。

　　我从包里拿出那方昌化鸡血石章料，交给尹五羊说，这是用你那张八大山人真迹换来的，现在给你吧，在我手里是块心病。

　　尹五羊感慨道：唉！像老项这样的领导才叫人佩服。从来不收别人的礼，我们关系好他还要这么做，可见他内心多么干净。他退休后我去过他家，客厅的地板块吱吱乱响，卧室里还是老式的铁床，这样的干部越来越少了。

当年老项提拔我到蓝城，你还做了什么？我问。

除了那幅画，我什么也没做。尹五羊说，老项后来和我说过，之所以选到你头上，是因为你具备了三个必要条件，一是学历高年龄好，二是实职正处满两年，三是群众威信高，有了这三点，你才在几十个后备干部中脱颖而出。

这块石头你喜欢吗？尹五羊端详着手中的石头问我。

大红袍，谁不喜欢？我笑了笑。

那你就留着吧。尹五羊把石头递过来。

我把尹五羊的手推开，摇摇头：君子不夺人之爱。

尹五羊的手僵在那里，愣愣地看着我。我补充说，你明天去见海虹，正好可以用得上，可以以此为见面礼。

尹五羊把鸡血石包起来，说，我们吃菜吧，你几十年如一日喜欢吃河豚，这是我最高兴的事，如果有一天你厌倦了这道菜，你就会忘了我，你说会有这么一天吗？

我摇摇头：你只要能做，我就保证能吃。

尹五羊的眼角有些红，端起酒杯和我用力碰了一下，一饮而尽。

次日一早，尹五羊去了北京，去找著名的海虹律师。这种人情关系能影响司法的世风我极其厌恶，对此也十分困感。对尹五羊进京找关系，如果是个一般性案件，我会予以制止，但周总的案子不一般，里面另有隐情，尽管我在周总的项目上问心无愧，但一个案子有头无尾拖下去，周总的企业就毁了。正是考虑到这点，我才默许五羊进京。

尹五羊在北京都做了些什么我一无所知，从北京他又到了省城，在省城他打来电话，很兴奋地吟诵了一句诗：山重水复疑无路，柳暗花明又一村。电话里不谈机密之事，尹五羊比我还有经验，他用一句古诗来表达进京去省活动的结果。

明天，明天我陪海虹去灞县见你。尹五羊说完把电话挂了，听声音他在一个场面上，不便多说话。我不想见海虹这位有名的大律师，律师这个职业在古代名声不好，被人称为讼棍，是好人避之唯恐不及的角色，但周总摊上事了，想远离也远离不了。

海虹大律师和我想象中的样子截然不同。一个闻名全国的律师，应该是一副精英的装束，考究的深色职业装，浅色名牌衬衣和简短干练的发型。但海虹不是这样，她穿一件咖啡色的波西米亚连衣裙，饰物离奇古怪，说长不长的披肩发从两侧垂下向内扣着，一副大墨镜架在额头之上，这副形象让我想起了三毛的某幅照片。

我们的交谈先从大学开始，海虹是北京政法学院毕业，和我同年考的大学，但她在北大荒黑龙江建设兵团下过乡，经历丰富，当年下乡的许多"荒友"现在都身居要职，而且遍布北京各行各业。她还介绍了自己当年在一个叫红色边疆的地方遇过险，乘坐的小舢板在黑龙江里翻了船，船上有一男三女四个兵团知青，她和班长幸存，而另两位女知青却溺水牺牲。她幸存的原因是还没有配枪，班长虽然有枪但他是男的，体力好，他俩游到了江边。而另两位女知青背着五六式冲锋枪，枪和弹夹很重，又不能扔，结果连人带枪沉入江中。她在讲这段经历时，已经没有了更多的感慨，似乎这是与己无关的一件事，看出了她的淡定与从容。与海虹相比，我的经历没有任何惊险之处，唯一带有色彩的就是和尹五羊在大院河边嬉戏的时光，没有值得炫耀的故事。

尹五羊介绍说，海虹律师对周总的案子很关心，表示要过问这个案子。

我没有表态，也无法表态。

海虹的身材虽不苗条，却不失性感，她说话的声音颇有男性的夸张，一听就是个经常发表鸿篇大论的人。

郑主任，我是无事不登三宝殿，此次来灞县，一是过问周总的案子，二是想请您给何阳过个话。

给何阳过话？我愣了一下，这个海虹认识新来的市长何阳？让我过什么话呢？我看了看身旁的尹五羊，这事五羊从没说过。

是这样，郑主任，我在北京的一个朋友，想收购蓝城的市政公司，何阳说市政公司是老市长您给他这届政府留下的一个大蛋糕，他不能随便动刀，何阳说您对他很好，他不能做事不讲究，市政公司要改制，必须老市长发话。

我想到了自己一旦离开市长的岗位，我所保留的三家市属企业会前途堪忧，但没有想到惦记这几家国有企业的人下手这么快，何阳还是很会办事的，因为黄书记一直主张改制，此事他和黄书记一沟通，三家企业马上就能宣判死刑，完全可以把我这个人大常委会主任撇开，但何阳没有这么做，何阳还在感恩人代会上的满票。

我说我已经不是市长了，哪里还能管企业改制的事。我回绝了海虹的请求，说实话，我也真想保住市政公司不被改弦易制。

你虽然不是市长，但你能影响现任市长呀，再说了，难道你就没有柳暗花明的一天？海虹说。

柳暗花明？这不是昨天尹五羊电话里吟的诗吗？我笑笑道：我已经调整好心态了，像某个诗人写的那样：从明天起，做一个幸福的人，喂马，劈柴，周游世界。

海虹说：心态好当然不错，但郑主任应该知道这样两个词：乘势而上，当仁不让。

这两个词我当然知道，而且在报告中常用，不知律师海虹提到这两个词是何用意。

乘势而上，就是要借助一切可以借助的优势来博取上位，当仁不让就是调动所有的资源来创造排他性的机遇。一个领导干部，如果不明白这个道理，就是政治上的色盲呀。

海虹说话不留情面，刀刀逼人。她把一个关于发展的命题偷换了概念，理论逻辑虽然合理，但事实逻辑却不正确。

何阳让您说话，这是对您的尊重，对这份尊重，作为老市长，应该回报以尊重。海虹的话表现出一种教训的口吻，让我感到不舒服，她是谁？凭什么跑到灞县来给我上课？这个尹五羊在导演一出什么戏？

但我清楚前面这个女人的背景，她是一个游走于生意场和名利场的大姐大，对这样的人物不能轻易招惹。一个著名律师和一个地方官员见面，不谈法律而是大谈企业买卖和官场规则，给我一种不务正业的感觉，我们这个社会总有那么多的错位，张冠李戴，狗司鸡职，弄得一切杂乱无章。

尹五羊在一边说，蓝城市政公司改制已经是大势所趋，因为有许多大鳄在虎视眈眈，大厦将倾，非一木可支，关键是找个负责任有实力的买家，海虹律师介绍的买家肯定有实力，这一点你可以放心。

五羊的话不无道理，我一个人大常委会主任有什么力量阻止改制的大潮呢？再说，改了也不一定就不好，不是有个物质不灭定律吗？我对充满期待的海虹说，我回蓝城后可以和何阳说说此事，但只是说说而已，至于什么结果，我不好说。

你办何阳的事，我办周总的事，尹五羊做联系人，就这么定了。海虹俨然一个拍板的领导，说话斩钉截铁。

说完，海虹站起身，一脸灿烂的笑像强光一样洒过来，照得我猝不及防。她握着我的手，歪着头说：你知道吗？你身上有一种诗人的气质。

这是第一次有人这样评价我的气质，我问，诗人是什么样的气质呢？

忧郁而性感。她说。

我松开握着的手，感到耳后有点发热，忽然又嗅到了那种奇怪的味道。

你有一个好朋友。海虹指着尹五羊说，我和尹总联手，也许会改变一些什么。海虹在告别时，很诡秘地这样说。

这两天，我把近期发生的一切做了梳理，感到心中有了一点头绪，晦暗的心情透进些许阳光，不再感到那么沉闷。我叫来王义，问他已经出来多久了？王义的上嘴角起了一个水泡，像火燎的，很扎眼，他对大桩说过，这是他时间最长又离家最近的一次出差。王义说，我们是4月9日去的上海，明天正好一个月。

这一个月时间好长！该回蓝城了。我说。

日记十

　　2009 年 5 月 10 日，晴，腊头驿，何阳设饭局请我小坐。后生可畏，年轻的何阳办事从来不依常理出牌，他在打一套无宗无门的拳法，让人无法接招。我感觉他手里只有皮筋，没有钢铁，再与原则相悖的问题，他抻来拉去，也能百炼钢化绕指柔。七喜说何阳文人面前是武夫，武夫面前是文人，正面背面都是一副好形象。我不怀疑七喜的评价，七喜看人有一副火眼金睛，应该是五羊所授。与何阳吃饭你会感到很舒服，他爽快、不造作，边界十分清晰，让人不担心话语陷阱。但这顿饭，我无意中知道了一个本来不想知道的秘密。

　　回到蓝城，踏进凹字形人大办公楼，我又嗅到了那种熟悉又奇怪的味道。走进电梯，这味道竟随之而入。环顾左右，电梯里除了王义和我再无他人。我纳闷，这以往只出现在会议室和机关大堂的味道怎么钻到了电梯里？我吸了吸鼻子，看到电梯开关的上方贴着一块不干胶制成的语录牌，提示机关人员熟记公民道德建设二十字规范：爱国守法，明礼诚信，团结友善，勤俭自强，敬业奉献。这是文明城市评比要考核的项目，检查组要抽查机关干部，背诵二十字方针。我试着念了念，眼睛一离开，脑子里就串行了，区区二十字，怎么也背不下来。回到办公室，我让王义通知李正下午来一趟，我要和他聊聊。李正一次次的回避肯定事出有因。一个跟了我五年的秘书长，突然间疏远起来，好像一只袖筒抽空了一样，有种失去平衡的感觉。

　　下午，办公室的电话一直响个不停，每个打来的电话都是关心我的健康问题，我知道，关于自己肺部长了瘤子的说法已经潮水般退去，蓝城上下很快将知道我是个健康人。

　　李正没有来，市长何阳却来了。何阳来蓝城时间不长，却接上地气滋润了许多，腹部有点微微隆起，黑色皮带扎得很松，似乎有随时脱落的危险。何阳说：老市长，我来一是看您，二是给您接风，晚上请老市长吃饭！

想不到何阳不谈工作，进门就说吃饭的事。我推辞道：你工作那么忙，吃饭就免了吧。

何阳摇摇头：什么都可以免，就吃饭不能免。民以食为天，天大的事怎么能免？

我被他说笑了，心想，这个何阳，身上还真有点年轻干部的爽快。就说要请我请你吧，给我这个上届市长做一回东道的权利。

何阳摇摇头：你是老哥，我是小弟，伦理还是要讲的，小弟请大哥，天经地义。

我不再推辞，但对何阳称兄道弟这一套不太习惯。当领导多年，我始终秉承一种正统严肃的官话习惯，对江湖语气不太认同，尽管这种江湖语气日渐流行，已经蔓延到高层。记得有一次参加招商洽谈会，某位省领导在介绍来宾时，也是小弟长小弟短的称呼。

要吃饭的话大酒店不去，找个僻静的地方坐坐就行。我说。

何阳带着一丝炫耀的口吻说：我请你去腊头驿，吃河豚。

我心里一震，腊头驿？何阳来蓝城不到一个月，竟然知道小小的腊头驿。

我愣了一下，问：你怎么淘到这家小店？

何阳说：这要感谢李正秘书长。五一放假我没回省城，李正陪我去了河边的腊头驿，一吃，真绝了，蓝城还有如此美味，出乎意料，出乎意料啊！

五一？李正？我心里"咯噔"一下，明白了自己生日那天李正因何缺席。

何阳走后，王义告诉我，说李正在县区调研，下午赶不回来，但李正让政府办的行政处长送来四条香烟，是冬虫夏草牌的，算是极品香烟了。香烟用一张旧《蓝城日报》包着，报纸上有一张新闻图片，正是人代会结束时会场的大幅彩色照片。

把烟打开吧，我吩咐王义，我正要找人大常委们谈话，到时候每人发一盒，不管会抽不会抽，算是常委们的第一次福利吧。

这可是极品烟。王义有些舍不得。

好东西大家分享才对。我对王义摆摆手，古人讲，财散则人聚，财聚则人散，你知道我是抽芙蓉王的，这等好烟还是给大家享用。

王义笑着说：就这四条，常委一人一盒还不够。

何阳的接风宴请人并不多，我、王义、即将新任秘书长的季卫东和人大常务副主任老柳。让我感到奇怪的是李正也不在其列。

腊头驿还是老样子，只是不见了那个叫小青的经理。接任小青的是个眉清目秀的小伙子，招待客人彬彬有礼。让我感到新鲜的是腊头驿服务员都换了白地兰花新制服，一个个像活动着的蓝青花瓷瓶。我借口上卫生间，到后厨转了转。掌勺的大厨很专注，正在切割一条河豚，他把鱼眼、鱼肝、鱼肠、鱼子、鱼皮一样样有条不紊地摆在砧板上，看上去像个枪械师在拆卸枪支。我知道厨师帽子高度代表着身份等级，这个戴着高高的厨师帽的大厨等级不一般，他并没有因为我的进入而分神，也并不和我说话——尽管他知道我的身份。我正要离开时，闻到了那股熟悉又奇怪的味道。我停住脚步，环视了一眼并不大的厨房。灶台上的铁锅热汤翻滚，缕缕白气升腾弥漫。我从没进过腊头驿后厨，我像要揭开陈年谜底一样兴奋起来。靠近细看，铁锅里正熬着河豚，河豚是去过皮的，豆腐般的嫩肉在乳白色的汤中咕嘟嘟翻滚，那总是幻觉一样出现的神秘气味，竟然就来自这翻腾的铁锅。我看到汤里浸着一根细细的麻绳，问大厨汤里煮根麻绳做什么？大厨过来用筷子挑了一下，夹出一个纱布包来。包已经煮成茶色，阵阵奇香随着热气散发出来，十分诱人。这是料包，配方是董事长家祖传的，听董事长说，是祖上在杭州知府家做私厨时留下的料包配方，是传家宝，董事长不许人私自打开料包，打开料包是要被开除的。我点点头，既然是秘方，就不便再问里面都包了些什么，凭直觉我猜里面少不了罂粟壳。

何阳很活跃，有一种年轻人按捺不住的勃勃生机。他频频敬酒，谈吐信马由缰，清廷剧，香港回归，最近手机短信里流行的一些似黄非黄的段子，几乎无话不谈，但就是没有谈一句蓝城工作上的事。王义话少，但抢着筛酒的动作十分麻利。季卫东因为马上就是新任秘书长了，提前进入了角色，主动替何阳抬酒。他酒量奇大，但有个习惯让人不舒服，每喝一口酒都要用舌尖抵抵嘴唇，此举令人联想到南太平洋荒岛上的某种蜥蜴。老柳没了上次在灞县时的怪话，他敬酒从不分开敬，每次都是说敬两位领导，与何阳的称兄道弟比起来，老柳如此说话倒显得有些见外了。

席间，我主动问了问高尔夫球场的事。我早就知道，老黄就高尔夫球场的事做出了要彻查的批示，听说何阳也向省政府打了报告，事情已经平息，再问，也就不是涉密的话题。

那一页翻过去了，何阳轻描淡写地说，新华社本以为会捞条大鱼，可是上面一查，结论就俩字：没事。

老黄和我说过，要重视此事。我插了一句。

黄书记是怕影响换届。何阳说，我接手后，按黄书记要求进行自查，结果你知道：没占一亩耕地，没有一个迁坟的老百姓上访，没有一口不经水务部门批准的机井，没有一栋开发建设手续不全的房子。这四个"没有"让新华社的记者也没有了下文。

依法依规办事而已。我又插了一句。

这是您抓工作严谨。何阳说，想想真是后怕，要是球场有一项手续不全，政府都会被追究责任。我们蓝城不比北京，北京周围那么多高尔夫球场，几家有手续，但还不是照样开？而我们蓝城这样的小地方，如果有违规建设的高尔夫球场，肯定被抓典型。

一旁的季卫东说：摆平这事情也不容易，何市长去省进京好几趟，找了不少关系。

何阳说：高尔夫球场这东西，上面说关就能关，一条严控地下水开采的理由就够了，老市长抓的项目到我手里给关了，我怎么向蓝城百姓交代？

我想何阳的担心不无道理，上任市长开的球场，到他这任被关掉，的确很丢脸面。

我又问他是否认识海虹这个人。

何阳说认识，是个神通广大的人物。

这个海虹有事找过你吧？

何阳点点头，说是的，为市政公司的事，我是这么答复她的，老市长发话，什么事都可以办；老市长不同意，一切免谈。

王义、季卫东、老柳不知我俩在说什么，开始相互间敬酒，也不听我俩谈话。

你想改就改吧。我说，其实有人早就想一改了之。

说完这话，我感到鼻子有点酸，感到心里有一道屏风吹倒了。

改，要找个好婆家，不要改给空手套白狼的投机分子。我又缀了一句。

何阳点点头：大姐介绍的买家都是有实力、有背景的，她眼光高，不三不四的小公司难入她的法眼。

这就好，我舒了口气。

何阳说：老市长您放心，您的话在我何阳这里是足赤金，在落实上不会有折扣。我很看不惯后任否定前任，什么事都另开炉灶、另起口号的做法，前任干得正确的事，就应该坚持。比如您改造苦力圈，我看就是一件天大的好事，城市边有个乱葬岗存在多影响环境？现在建了公墓，把坟场平整成高尔夫球场，连带效益不可估量，苦力圈那一带的土地价格直线上升，这是您对蓝城的一大贡献！

何阳的说法没错，苦力圈改造不仅改善了环境，而且带动了周边产业的发展，很多房地产商想在那一带搞开发。

但我没有附和何阳的说法。我说后任否定前任也有道理，符合否定之否定的认识规律。

老市长说的是哲学，哲学是冷冰冰不带血肉的，可市长也好、书记也罢，毕竟是活生生的人，是要讲感情的。何阳在强调他的感情观。

我斟满一杯酒，对何阳说，蓝城与我，无私利存在，不管当初我怎么决策的，你尽可放手去做，不必瞻前，只需顾后，来，我们喝一杯。

何阳端杯站起身，恭恭敬敬地说：有您这句话，我工作起来底气就足了。

这杯酒味道有些浓，回头看看酒瓶，竟是一瓶久违的女儿红。

晚宴，没有那道让我魂牵梦绕的西施乳，代之的是浓浓的河豚汤。经理解释这几天没有买到雄性河豚，没料下锅，何阳说等买到了雄性野生河豚，再请老市长吃。我说吃西施乳光有口福不成，还要有机缘，并不是每个季节的雄性河豚都有鱼白，历史上吴王夫差就没有这个口福。

起身离开腊头驿时，我抬头望了望天空，天上星汉灿烂，一个难得的好夜晚，便对何阳说：良宵美酒，谢君盛情呀！

何阳握着肋下的皮带说：谢什么，这是小弟该做的。

与何阳吃饭后不几天，尹五羊打来电话，说海虹托他打电话表示感谢，海虹介绍的那家北京公司正与蓝城市政府洽谈收购市政公司一事，进展很顺利，估计近期即可签约。何阳市长不揽功，他告诉海虹，市政公司能改制出售，都是老市长发话的结果，老市长不松口，谁也买不成。

我问尹五羊，你串联这件事，是不是从中有好处可赚?

尹五羊发誓说他要是从中赚一分钱就不是人，他纯粹是帮海虹的忙。海虹也是受人之托，一环套一环，他只知这头不知另一头。

没拿好处就好，你五羊也不缺钱。我说。

接着，周总从看守所出来了，案子有了结论，不做司法追究。周总没有到我办公室，而是开了辆贴着深色车膜的新车拉着我在郊区兜风。他是要保持一种警惕，不想给我带来麻烦。

周总瘦了一圈，头发有点长，没顾上理发，精神状态也不佳，有点没睡醒的感觉。

我拉你出来是想告诉你，好人坏人要分清。

我说这不用你说，毛主席在他文选的第一篇文章中，就指出了这个问题，谁是我们的朋友，谁是我们的敌人，这个问题是革命的首要问题。

有两个好人，他们做了好事却不说，是从内心里真帮忙。

哪两位？我问。

一个是吕学义，市纪委的副书记、监察局局长。他以自己的方式保护了我的合法权益。周总说，自己刚进去的时候，审讯人员对他搞体罚，连续几天不让他睡觉，那几天自己简直就要崩溃了，有时候甚至想，只要让我睡觉，什么样的口供我都签字画押。

他们搞刑讯逼供？

周总点点头：几天几夜不让睡，那是一种极端折磨人的滋味，比饿比冷比热比疼痛都难受，我只差一点点就扛不住了，好在吕书记干预及时，要不我就完了。

困的极端滋味我虽没有体验过，但我记得欧洲作家有一篇小说，是写一个小保姆，因为太困，为了能睡上一会儿，迷迷糊糊间把哭闹的婴儿给捂死了，小说写出了那种困的滋味。

吕学义怎么出手干预的呢？是检察院在办案，纪委不能插手。我问。

吕学义是以收到举报信为由干预的，他找反贪局长正式谈话，核实举报信问题，反贪局长否认存在刑讯逼供，吕书记要求他拿出证据。反贪局拿不出证据，吕书记就建议反贪局在办理这个较为敏感的案件中全程录像，中间不要间断。不仅如此，还要求监舍内二十四小时有录像监控，否则无法证明是否存在刑讯逼供问题。反贪局长也是聪明人，他也怕跟错了人，吕书记说的又在理，他也就这么办了。

吕书记的话能奏效，还有另一个原因，那就是公安局的张毅政委过了话。这个反贪局长原来是公安局的，张毅给他过了话，至于张毅说了些什么，我也不知道，但审讯我的人后来态度发生了变化，他们和我甚至成了朋友，我是从他们那里听到这些的。周总为人仗义，和办案人员成为朋友完全可能。

我们在公路上漫无目标地兜着圈子。我感到很对不起周总，也很感激吕学义和张毅。古人曰：善欲人见，不是真善；恶恐人知，便是大恶。在危难之时两人默默相助，乃真朋友！

下步怎么打算？我问。

周总口气坚决地回答：把公司搬到北京去。

我无话可说。

日记十一

　　2009 年 6 月 2 日。多云。尹五羊多次建议我请李正坐坐，我问为什么？五羊说外界都在传你们的关系出了问题。我告诉五羊，我和李正的关系有了变化才是正常，如果还像市长、秘书长那样，倒是不正常了。五羊说虽说为政者兴一利不如除一弊，但做官之道就像厨子主厨，酸甜苦辣咸样样不能缺。李正是你的心腹，生生推出门去，就成了别人盘子里的菜，还是化弊为利为好。应该说五羊的话有道理，我和李正之间原本就没有过结，不知李正态度因何而变，或许是新领导要求严格，压力之下扭曲变形也在情理之中。我答应五羊，找机会请李正坐坐，我们好久没有沟通了。本届人大常委会第一次会议结束后，李正情绪低落，请他到腊头驿吃饭，李正并无半句解释，只是频频饮酒至酒醉，竟捆脸数掌，泪如雨下。

人大常委会召开前几天，我去见老黄。

老黄正在办公室看一张规划图，是蓝城主城区标准化公厕建设分布图，这是今年市委、市政府抓的一项惠民工程。由于历史原因，蓝城城内多旱厕，淘粪的马车叮叮当当大街上一走，市民掩鼻不及，怨言颇多，这大大小小的旱厕成了蓝城创建文明城市的一大障碍。老黄决心解决这一障碍，为此制定了规划和方案，正在大刀阔斧地推进。老黄办公室并不大，但房间很多，套间里面还有套间，办公在中间一间，里间是休息室，外间是会客室。见我进来，老黄从图纸上抬起头道：瘦了，老郑你瘦了！我说：出门千里不如家里，瘦一点不奇怪。

在沙发上坐下，秘书端来两杯绿茶，是明前龙井，色泽翠绿，清香宜人。我说：这次到扬州，给黄书记捎了几盒新茶，不知合不合您的口味。

老黄问：是扬州春吧？我喜欢的绿茶，今年春旱，明前龙井少得可怜，京城里一斤新茶都过万了。

我点点头：扬州、杭州，虽说都叫州，但茶叶的名气差别可是大了不少。

老黄道：历史上扬州多难，而杭州多福，嘉木择地而生啊。老黄端详着我的脸问：怎么样，身体有大碍吗？

还好，在上海检查身体，以为肺里长了东西，后来复查，原来是钙化点，虚惊一场。

黄书记哦了一声，道：没事就好，到了你我这个年龄，身体不比年轻人，唯有健康为重。

我这次出去检查身体，把人大常委会会期拖延了，但愿没有影响市委的工作部署。

没关系，市内的事，我们自己都能把握。老黄停顿了一下说：对了，上次我让小苏去灞县找你，沟通一下本届政府组成人员的事。小苏说组织部的盘子你总体同意，但个别综合部门的人选你有顾虑对吗？老黄的目光聚焦在我的眼睛上，似乎在寻找一种东西。

我点点头：蓝城总体上是个吃饭财政，财政收支压力大，何阳又刚上任，这个时候换财政局长，万一财政完不成任务，出现寅吃卯粮的问题，对上对下都不好交代。

老黄捏着下巴：你说的有道理，但何阳选中季卫东当秘书长，财长就只好另选了。刘清是没有财政工作经验，用他是要冒点风险，但他点子多，思路清，颠来覆去，还是刘清更合适一些，这也是蜀中无大将，廖化当先锋。老黄停顿了一下接着说：我也不想动季大爪子，可是政府秘书长的人选，还是要尊重市长的意见，就像你当年用李正，尽管常委们有不同意见，但还是要尊重你的选择，对吧？

对刘清我一无所知，所以不会有个人成见。我知道应该解释自己的立场和观点。

刘清嘛，是市委政研室的副主任，跟了我五年，我也观察了他五年，他是市委每次全会报告的主笔，是个可用之才。老黄用食指敲着沙发扶手，一下接着一下，这显然是在定音定调。

再说了，何阳对干部工作就提出这么个要求，怎么好不给面子？老黄表现出一种为难：对新来的市长，我这个老书记要有点姿态，常委会上我表过态，政府在一线，要人给人，要权给权，只要把经济搞上去就行。

老黄这样一说，我知道这个话题不好讨论了，刘清的使用木已成舟，再提异议就会不愉快了。其实，我提出刘清的问题，本意是虚晃一枪，谈判的艺术就在于有选择的放弃，我真正想说的是李正的使用问题，我不希望李正改任发改局长。政府秘书长的位置等于准副市级，离开了这个位置，将来提拔就没了优势。老黄坚持用刘清，想改变对李正的使用难度也会很大，但我还是想试试，对李正的使用就像两个人在角力，不能没用力气就放弃。

我端起茶杯一边吹着浮茶一边问：李正同志由秘书长改任发改局长，从使用的角度讲是平调偏下，他会同意吗？

老黄端起茶杯也轻轻吹了一口说：这个嘛，你要问李正。

一句话，我噎住了，是啊，自己的确没有和李正探讨此事，难道到发改局是李正自己的想法？自己原本设计了许多话想就李正的使用问题与老黄深谈，但只一个回合，我清楚自己输了。

老黄放下茶杯说：老郑呀，既然回来了，就抓紧把常委会开了吧，政府几十个局长等着你发委任状呢。

好的。我说，因为我个人原因耽误了工作，抱歉了。

老黄说：你是向市委请了假的，不能说耽误，再说，这些干部大都是原岗新任，无非需要一个法律上的名分而已。

停顿了一会儿，老黄突然问：检察院在调查一个姓周的企业家，机关里有人传，说这个企业是你当市长招商招来的，我没信。

我说，传说没错，是我当市长时引进的。

哦，老黄点点头道：有关于这家企业偷漏税的举报信写到我这里，我批给政法委了，批了以后才有人向我透露，说是你引进的项目。也不奇怪，你当市长五年，引进的企业不会少，谁能保一个也不出差头？很正常嘛。

我道：不管是谁引进的企业，只要违法，就该依法查办。

老黄起身和我握了握手：你我都明白，我们不能干预司法。

我现在的职责是监督司法，我说。

但我还是和检察长打了招呼，告诉他这是老郑引进的项目，要把握好尺度，听说人已经放了。老黄深邃的眼窝里炯炯有神。

我迎着老黄的目光说：这个企业搬走了。

搬哪里了？老黄惊讶地问。

北京。我淡淡回答。

和老黄谈过话后，我决定和人大常委会组成人员谈话。

之前，我和五羊通了一番电话，我说了要和常委们谈话的事，五羊说演出进入尾声往往也是出现高潮的时候，你至少自己要把自己当盘菜，就像西施乳，料理好了是一道美味，料理得不好也会致命。

谈话先从几个副职开始。人大有五个副职，老柳是党组副书记，在副职中排序第一，但老柳不用谈，我和老柳间的默契是在政府工作期间形成的。另一位副主任是女同志，蓝城师专副校长，不驻会，也不用谈。其他三位副主任老姚、老程和老晁，老柳说这三位散仙各怀心腹事，有尿也不往一个壶里尿，必须谈。

第一个谈的是老姚。老姚在人大已经干了几年副职，用自己的话说是人大的老油条，不用再下油锅，他分管的内务司法工作平平塌塌，一年到头也不组织视察活动。老姚有两大嗜好，一是打麻将，二是钓鱼。打麻将是在他担任主管城建副市长时上瘾的，钓鱼则是到了人大以后学的。为了钓鱼，他花了近万元来置办渔具，在蓝城的钓友中自然混上了老大的交椅。他的渔具就放在轿车后备厢，有时间就往郊外的鱼塘跑。我看得出来，老姚的脖子黝黑锃亮，是吸收太多紫外线所致，黑色的皮肤和雪白的衬衣对比鲜明，像来自非洲部落的酋长。问他工作上的事，老姚嘻嘻哈哈，说人大的干部，能往后靠就往后靠，再出头露面就不识时务了。

老姚的表现令我很失望，他过去在政府抓城建时，也是叱咤风云的干将，到了人大没几年，怎么就一头扎进鱼塘不能自拔呢？

老姚一副户外休闲装束，坐在我对面的沙发上摆弄手机。我选择了从钓鱼开始谈。我讲了自己在扬州长江边钓到种鱼的事，老姚顿时来了精神，问我鱼塘喂过了饲料，鱼儿很难钓了，你怎么能钓到种鱼？我说我憋着一口气呀，那个守塘人小瞧我，以为我钓技不行，我偏偏要争口气，放长线，钓大鱼，我把鱼线放到尽头，把竿打到深水区，结果我钓到了一条特大的种鱼。守塘人见我钓到了种鱼，像钓到了他的祖宗一样伤心，就差哭鼻子了。老姚说，他小看你，是该给他点颜色。我说对嘛，能钓到大鱼才是本事，要不，谁瞧得起你？老姚搔搔头道，我还真没钓到过大鱼，其实，钓鱼也是个技术活，不是谁都能钓的。我说姜子牙钓鱼有没有技术呢？老姚笑了，说：人家哪里是钓鱼，人家是钓人，钓鱼是玩，钓人是政治。我看老姚开了窍，就说，假如有人在河边嘲讽你钓鱼的技术差，你怎么办？老姚瞪起眼珠子：怎么办？像你一样钓个大个儿的给他看。我说，这就对了，要让人家瞧得起，关键还在你自己，姜子牙用直钩钓鱼，钓成了丞相，你用弯钩钓鱼，怎么也得钓个人呀。

老姚是聪明人，他猜到了我找他谈话的用意，便双手按住膝盖说：你说吧，我该钓哪一个？

我问：听说你过去是牌桌高手，经常能对对和，但这两年牌技下滑，成了常输将军?

唉!老姚叹口气:到了人大精神头不够了，打牌手也臭，很少搓麻了。

是手臭吗?我摇摇头，其实，你的牌技并没有下滑，下滑的是你的人脉。

怎么讲?老姚警惕起来。

你到了人大不再分管城建，那些昔日围着你转，陪你打牌的人不再有求于你，因而也无须再给你喂牌，不必再输你，你也就和不成对对和了。老姚啊，从政府到人大后，难道你没有这种感觉?有些干部，你在政府主政时，摇尾乞怜像狗一样忠诚，你离开政府后，视同陌路猫一样变脸。

老姚沉思片刻，一拍大腿，有，当然有，这说明他当初的忠诚也是假的，这样的人墙头草，见风使舵，毛主席最恨这种人。

老姚是副职，对世态炎凉体会更深，他之所以钓鱼，是想躲避这种冷落，我必须燃起他的斗志，让他像当年做副市长一样去冲锋陷阵。

钓条大鱼吧，让小瞧你的人对你刮目相看。我说。

老姚用力点点头，道:我到什么时候都是个忠臣，常委会上你怎么走，我怎么跟。

老姚说到这种程度，我无须多言：有些干部，只有靠时间去检验。

没等我说完，老姚便打断了我的话说：老郑你甭说了，我明白，我负责联系的那些常委你也甭说了，我来打招呼，让他们挺起胸来面对投票箱。

我未置可否，只是笑笑。

第二个谈的是副主任老程。

老程原来是文联主席，非党人士，主业是文艺评论。老程写评论累计不下三百万字，但都是清一色的歌颂型评论，有人送他一个绰号：文坛吹鼓手。老程大概知道外界这么叫他，他很苦恼，私下对文友说，开研讨会拿了人家润笔费，吃了人家的酒席，能不写好话吗？我只是一个地级市的文联主席，你看看那些闻名全国的大家名家，哪个不夹着皮包全国各地飞来飞去，有谁真批评了，不都是好评嘛。老程这种苦恼到了人大后有所改变，官职升了，老程不再写文艺评论，他开始收藏奇石，他办公室就像个奇石博物馆，什么寿山石、巴林石、灵璧石、沙漠石，无石不有，谁到他的办公室都会接受一堂奇石教育课。

我和老程的谈话从石头开始。

苏东坡说过，士无石不雅。老程你喜欢石头，看出你的雅趣了。我先肯定老程。一个人的爱好不能打击，哪怕他的爱好一文不值，因为在他的爱好中，藏着他人生梦想。

老程穿一件咖啡色唐装，黑裤圆口布鞋，一副复古的样子，换届后第一次谈话就受到我的表扬，他很高兴，叹息下手晚了，奇石的价格比股票涨得快，像内蒙古的巴林石，过去是萝卜白菜价，现在可好，快追上和田玉了。

我说：君子怀玉是以玉石比作君子应该具备的美德对吧？那么，玉的美德主要有哪些呢？你这个玉石专家能否说说看。

哈哈，说这个可是我的长项了。老程眉飞色舞，侃侃而谈：玉有九德，被古人称为君子之美德，怀玉在身，就是与美德相伴，即所谓君子必佩玉。这九德嘛，即温润以泽，仁也；邻以理者，知也；坚而不蹙，义也；廉而不刿，行也；鲜而不垢，洁也；折而不挠，勇也；瑕适皆见，精也；茂华光泽，并通而不相陵，容也；叩之，其音清挢彻远，纯而不杀，辞也。这是管子的说法，孔子的说法是十一德，而后来大家普遍的说法是五德，通俗地讲就是仁义智勇廉，许慎的说法。

我点头赞许，看来老程的确有学者的钻研精神，不是在附庸风雅。我问：玉，无非是一种石头，因为高贵而称宝石，从本质上如何来鉴定它的等级呢？

老程想了想，说：这是一个品相问题，有色泽、纹理、成分、结构、多少、行情等等诸多因素，很难一言以蔽之。即使是珠宝专家，对此也看法不一，因为黄金有价玉无价，就是说这个价格受太多主观因素影响。

我摇摇头说：我不这么看，老程。

老程看着我，问：那你说是什么？

硬度。我说。

老程想了想，点了点头：宝石的硬度分十级，硬度最高的就是金刚石，价格最高，所以这么说有一定道理。

既然硬度是硬道理，那么玉的第一品格就应该是坚硬，不可扭曲，就像管子所言：坚而不蹙，折而不挠。

是的，成语中不是有宁为玉碎不为瓦全吗，就是说的这种君子品格。老程认同我的观点。

我说，好了，如果你想做到君子比德如玉，身为人大常委会副主任，你该如何履职呢？

老程没想到我会联系到这个问题，他不好意思地笑笑说，我喜爱石头可并没有玩物丧志呀，主任，履职的事我会当一天和尚撞一天钟。

我没说你玩物丧志，老程，外界说人大是橡皮图章，是装模作样走走程序，如果真是这样，我们自身如何体现玉之美德呢？一边欣赏玉的纯粹，一边浑浑噩噩只会在选票上画圈，我们可真成了可以任意扭曲的橡皮图章了。

老程目光痴痴地盯住自己的圆口布鞋，深吸一口气好一会儿才呼出来，抿着下唇点点头：我明白了，主任，您是希望我们人大有硬度，有担当，这是我没有考虑的问题，我原来想，到了人大就得过且过吧，玩玩石头聊以自慰，听您一番话，我幡然醒悟，爱玉，就该学习玉的品德，让自己的道德有所提升，这才不枉怀玉一回。

吾善养吾浩然正气！我们应该以美玉的姿态展现在蓝城人民面前，不能让群众认为我们是可有可无的橡皮图章。

老程站起身，很激动地说：我是以儒者自勉的，儒者，最宝贵就是骨气，可杀而不可辱！我明白该怎么做了。

我觉得老程在顷刻间变得高大了，一身唐装也格外有了传统的韵味。我拍拍他的肩膀道：不光你自己，你还负责联系十几个人大常委呢。

放心吧。老程这样说。

第三个谈话的是晁主任。

晁主任醉心收藏瓷器，满屋子都是真真假假的五大名瓷。老晁在我的故乡灞县当过县委书记，平时一脸严肃，官气较重。为了和他谈话，我特意做了点功课，研究了一番古瓷收藏。不看不知道，一看古瓷这行当水太深，想开门都难，心中暗暗佩服老晁，敢揽瓷器活的，肯定会有金刚钻。

和老晁谈话我们主要交流一个问题：窑变。

我们谈的是钧瓷。

钧瓷以窑变艺术而著称于世，古人有"家有万贯，不如钧瓷一件"之说，足见钧瓷的珍贵。钧瓷出自中原禹州，以其造型、工艺、配釉和神奇的窑变位列五大名瓷之首。这是谈话前我做功课时知道的。虽说对瓷器知之甚少，但我却认真研究了窑变，瓷器在进窑烧之前要挂釉，挂的釉经窑中高温一烧，会发生色彩上的变化，这种变化叫窑变。而窑变以钧瓷最为典型，变化也最多，再有绝技的师傅，也难保证这窑变会变成什么，一窑瓷器进窑，烧窑之人对窑变充满了各种期待，开窑之时，有兴奋惊呼、有失望颓丧，让人联想到命运的无常。

钧瓷到底好在哪里？老晁你说说看。老晁刚一坐下，我便开始提问。

老晁没想到我会问瓷器方面的问题，说：主任也喜欢瓷器了？喜欢瓷器好，到了人大不比您当市长，要自己找乐子。

我笑了笑，心想，我哪里是找乐子，要不是和你谈话，我才不研究这些历史碎片呢。但我没有反驳他，道：瓷器代表中国文化，应该知道一点。

老晁扶了扶厚厚的眼镜，开始回答我的问题。

钧瓷嘛，好在色彩上，五大名瓷，只有钧瓷色彩变化大，有入窑一色出窑万彩之说，釉色多呈紫红、天蓝、月白，美轮美奂，妙不可言。以宋代钧瓷为例，釉色大体上分为三类：一是窑变单色釉，主要有月白、湖蓝、天青、豆绿；二是窑变彩斑釉，以天蓝红斑或乳白紫晕为代表；三是窑变花釉，主要有丹红、海棠红、霞红、木兰紫、丁香紫。其中以窑变花釉的艺术价值为最高，因为它最能代表钧瓷自然窑变的风格神韵，有"雨过天晴云破处，夕阳紫翠忽成岚"的窑变效果，因而受到文人雅士、王公贵族的喜爱。老晁口若悬河，引经据典，像个鉴宝节目的专家。他讲到"窑变"的时候，我打断了他的话。

窑变，窑变的秘诀是什么呢？

窑变是钧瓷一绝。老晁很乐意谈这个话题，说：普通的一件瓷器，进窑一变，就价值连城了。窑变应该是化学反应，是釉在高温下发生了化学反应。

那么，窑变是否可控？我问。

古人认为窑变是不能控制的，今天，科学技术有了提高，窑变当然可控。老晁说，但热爱瓷器的发烧友还是喜欢古法烧制，喜欢无法预料结果的窑变。

有道理，我说，看来研究瓷器对工作大有益处，可以通古今之变。

老晁愣了一下，道：和工作联系起来我倒是没多想，但瓷器文化中蕴含着中国传统文化的精髓这不假。

学，一定要致用，要触类旁通，对不对老晁？

老晁在离开灞县后担任过市委党校校长，也是个上讲台摆龙门的角色，我的提示当然一点即透。他看着我问：主任找我谈话不是来谈论瓷器吧？

我笑了，说：老晁啊，瓷器要谈，工作也要谈，两者不但不矛盾而且还同理。

这话怎讲？老晁很好奇，一双厚镜片里的小眼睛熠熠生辉。

如果把我们即将召开的人大常委会比喻成一次烧窑，你是希望瓷器上仅仅烧上一层釉，还是希望会发生窑变？我问他。这是我想好的一个问题，而且老晁在前面的谈话中已经回答了这个问题。

老晁又扶扶眼镜说：如果一定要这么打比方，我还是希望发生窑变，有窑变，不仅说明窑好，瓷器也增加了价值。

我这么说对不对？老晁对自己的说法有点小心翼翼，他没有摸清我的意图。

对！我直截了当。我说，没有哪个窑主不希望自己的窑里能烧出精品，我有决心这么做，不知你老晁能不能添柴烧火？

没说的，烧窑我是好手！老晁很兴奋。

我知道我的话引起了老晁的共鸣，我不用担心老姚、老程、老晁三个人尿不到一个壶里了。

接下来，我又找了一些人大常委谈话。这些常委来自党政群企各个阶层，除了一些法定的职务常委外，其他常委都是经过我同意才进来的，对我很尊重。谈话主要讲人大常委会的重要性，我从美国的议会讲到国内人大对一府两院的依法监督，着重强调了人大常委会依法任用干部的重要性，说既要讲大局，在政治上和市委保持一致，又要对政府负责，对于那些群众不认可的干部，使用后对政府会产生负面影响的干部要敢于说不，这样做才符合市委要求。我感觉我的谈话令每个常委都血往头上涌，掌往胸膛拍。

谈话进行了三天。这三天，人大机关出奇地平静，连几位爱好广泛的副主任也没有离开机关，他们都看出我这样谈话是一种不是动员的动员。这三天，东院那边出了个上访事件，周总的夫人到市委政法委上访，上访之所以成为事件，是因为周夫人联系了一些媒体的记者和她一起去上访。周夫人是省城文化系统的干部，人脉丰富，她带了四个知名网站的记者和她一道来上访，人数正好没有超过五人，打了规定上访人数的擦边球。周夫人提出的问题很尖锐：如果企业在税收方面有问题，税收稽查部门为什么连个招呼都不打？即或有问题，企业任罚就是了，为什么要抓人关这么多天？现在人病了，却连个司法结论都没有，说抓就抓、说放就放，依据哪一条法律？政法委负责接待的是个老大姐，没有接待媒体的经验，信口说连刘晓庆偷漏税都能抓，你丈夫怎么就不能抓？不抓怎么顺藤摸瓜？这些话被网站的记者们在媒体上炒了起来，弄得沸沸扬扬。老黄大概认识到问题的严重性了，给我打电话，希望我和周总说说，此事到此为止，闹大了对蓝城的影响不好。我让王义去看望病中的周总，捎话给他，还是保重身体吧，上访可是件伤身伤神的事。厉害的周夫人这才不再追究。

几天后，王义告诉我周总把企业迁到北京了。

尹五羊告诉我，周总在离开蓝城的时候，满眼热泪。我一时无语，我知道周总为什么落到这种地步。

人大常委会如期举行，四十七个常委悉数到场，王义悄悄告诉我，这是很少有的事情，以往开会缺席几个是常事。

所有的议程进行得都十分顺利，但在人事任免事项上出了个问题。其他政府组成人员基本高票当选，包括黄书记很担心的财政局长刘清，四十七名人大常委都投了赞成票。没想到的是平调偏下的李正没有通过，差两票不够半数。而李正的政府秘书长免职却通过了，季卫东也顺利当选为新的政府秘书长。这样，李正的任职就成了大问题。

我预料老黄一定会发火，人大常委会通不过市长的任命提议，这是一件很尴尬的事。我等着老黄找我，也做好了应对的准备。但老黄没有找我，李正的落选他似乎根本没放在心上，这些天一直在忙城市标准化公厕的事。

老黄为什么对李正的事如此漠然呢？

组织部苏部长来找我，提到了李正怎么办的事。我说依规可以再推荐一次，但如果再推荐，势必和人大常委们形成一种紧张关系，还是另作考虑为好。我问苏部长，黄书记对李正的事怎么看。苏部长并没有遮遮掩掩，她说：黄书记说了，李正同志原来是老郑的秘书长，去留都该听听老郑的意见。

一个乌龙球踢到了我的裆下，我清楚，这一局我和老黄谁都没有失手，李正，像一根随风飘起的羽毛，在无人关注中自由落体。

　　一日，在会议室学完古琴，我缓步回办公室，意外发现李正坐在王义办公室等我。李正头发有些干枯，嘴唇泛着紫癜，白色衬衣明显宽大了许多。我说来吧，到我办公室。李正的眼圈有些发红，随我进到办公室，站在那里一句话也不说。我想说什么，一时又不知该怎么说，我欠起身，把台历上6月2日这张黑色的台历翻了过去，然后对李正说：

　　晚上一起吃饭吧。

　　我把王义叫过来说：晚上去腊头驿安排一桌，请李正吃西施乳。

日记十二

　　2010年4月1日，愚人节。五羊约我吃饭。尽管工作忙，但我还是答应了五羊，谁的饭局都可以推，唯有五羊的饭局非参加不可，五羊的饭局成了我生活中不可或缺的加油站，我时而疲惫的身心需要在五羊这里补充能量。五羊在交际上总体把握适度，结交权力又与权力保持距离，总是花自己的钱，办别人的事，从不为己谋利，这是我不忌讳参加五羊饭局的原因。腊头驿这顿不同寻常的晚宴让我恍然大悟：原来五羊一直对我隐藏着一个秘密，他为我做的一切，都与这个秘密有关，我知道了五羊那套还债赎罪的理论原来事出有因。这是一个埋葬了回忆和梦想的饭局，我只能以酒来祭奠青春期那段不能释怀的情感。

　　我在人大常委会主任的位置上干了十一个月。蓝城上下依旧称呼我老市长，除了人大的干部外，没有人称呼我主任，这一点，很多人都是从何阳那里学来的。到了目前这个位置，仕途上已经日薄西山，应该读读书、写写字，附庸一下风雅。王义为我买来一套《二十四史全译》，说是老人家批注过的，很多人都读。我对毛主席他老人家读史的精神一直敬佩不已，领导一个七亿人口的大国，可谓日理万机，却能挤出时间熟读浩如烟海的典籍，这不是凡人能做到的。

　　人一闲，身体就会出差头。到人大工作半年，耳鸣的病根犹在，又添了眼花的毛病，读书变得吃力起来，这《二十四史全译》像一座山横亘面前，我无法找到翻越它的路。

　　耳鸣的毛病中学时就黏上了我。那时，我和尹五羊喜欢到大院外的河边玩耍，我们坐在河边的大青石上看河水缓缓下流，看蒲草间水鸟游动，听五羊讲他故乡扬中的乡下故事。和五羊坐在河边我常常会走神儿，走神儿是下意识的，耳朵里忽然间便有一股潮汐由近而远漫过去，这潮声会像火车一样载着我奔向远方，奔向我想去的地方。我对五羊说过我耳朵总会响，响的时候有时很舒服，有时又很心烦。五羊说怕是有蛐蜒钻进去了，要用香油把蛐蜒引出来。我说我又没在田野里躺着睡觉，哪里会有蛐蜒钻进耳朵？五羊反问我：那你说是什么进去了？我想了想，道：你不懂，我耳朵响是大海进去了，是新疆进去了，是海南岛进去了，反正不是蛐蜒爬进去，因为我耳朵响的时候，我感到自己不在这河边坐着了，你说话我也听不到了，感觉自己是在天上飞。尹五羊好像听懂了我的话，说：你的话我明白了，你想说你有陈胜的鸿鹄大志，而我就是你锄地的伙伴，一只小小的燕雀，你当鸿鹄我高兴，我至少该当只野鸭子吧？我们语文课本正好有一篇司马迁的《陈涉世家》，五羊受课文影响，把我和陈胜联系起来了。我说：鸿鹄之志没错，我们都应该是大雁，朝着想去的地方飞。那是个流行豪言壮语的时代，什么为中华崛起而读书，为实现四化而读书，每个同学的书本上都会有这些名言警句，连高中毕业的留言簿上也是这些文字。后来才发现，为了改变生活读书才是最现实的，话说得太大就显得空洞，但没有谁为这种空洞而惭愧，倒是为这些名言警句出自自己笔下而感到沾沾自喜。

老柳来到我办公室，很认真地说：听听音乐吧，这东西听惯了养人。

当一个粗人向你提出一个高雅的建议时，你必须引起重视，因为这个建议一定来之不易。我点点头：听你的老柳，我明天开始听音乐。

我那里有一大堆新买的光碟，我听过了，给你拿来听。

老柳办公室里有一大堆光碟？舞枪弄棒的人玩起绣花针了，看来，人一转型，什么人间奇迹都会发生。

耳朵的问题有音乐可治，眼花的问题有花镜可替，但鼻子的问题却很麻烦，自从上次发现我经常嗅到的香味来自河豚汤里的料包，我的内心总是联想到罂粟，罂粟致瘾，这是人人皆知的道理，难道我喜欢吃的河豚，是因为料包中加了罂粟？我的怀疑没有根据，疑点是那个茶色料包和我敏感的嗅觉。耳朵、眼睛和鼻子的问题让我常常伤感，人虽有五官七窍，而耳眼鼻占了六窍，六窍不灵，五官何以司职？

第一次人大常委会之后，老黄的脸一直板着，总是训斥苏部长，把苏部长弄得经常眼圈发红。老黄开始半年督查基层，在县区调研，电视里每天都有他在基层开会做指示的报道。东院通知过人大，说下半年黄书记要到人大机关调研，王义很兴奋，对我说上届人大机关，书记连门槛都没踏过，还是你郑主任面子大，黄书记不请自来。我问：你们这么期待书记来视察，有什么好处吗？王义说：当然有了，书记来是要解决问题的，比如中层干部职数、机构职数、人员编制，这些问题吵吵多年了，我们提出来书记可以拍板呀！我明白了王义的兴奋，人大机关曾向编委打过报告，申请增加一个副秘书长的领导职数，新设一个编制五人的环境资源委，但此事一直没有着落。当时我兼任编委主任，平心而论，我对解决此事也不积极。增加一个吃财政饭的人我就要从兜里往外掏十几万，一下子增加六个编，心疼！我没有与老黄沟通此事，这事便一直搁置未议。我对王义说，人大机构编制职数的事拖着没办我有责任，我当市长时没批，与黄书记无关。

东院电话通知虽然来了，但老黄迟迟没有到人大机关来。王义去问，东院那边的答复是等着和市政协一块安排，此事便拖了下来。我知道老黄这是在等我一句话，但这话我不能说，老黄工作忙，没有必要让他花费时间到人大来，他来了，涉及机构和编制的事也不便马上拍板，因为编委主任是西院的何阳兼任。

老柳把光碟拿来了，让我大跌眼镜的是老柳拿来的是一大摞东北二人转光碟。老柳说：听听吧，逗乐。

我不能辜负老柳的一片好意，就收下了光碟，但我一直没有时间欣赏这些音乐，我已经默认了习惯性的耳鸣，这是一种正常的生理反应，是身体在有意屏蔽一些不应该获取的信息，而这些打情骂俏的二人转对于我来说，是另一种耳鸣。在信息爆炸的时代，抓取有益的信息对身心是一种营养，而灌输无用的东西对身心是一种负担。

尹五羊像有特异功能一样，总能知道我的想法。我到人大后，尹五羊就成了我办公室常客，他说我当市长时他不多来有两个原因，一怕打扰我，二怕有闲言碎语，我到了人大，不直接管经济项目了他就可以常来看我。尹五羊总是善解人意，他这种站在别人立场上考虑问题的厚道，让人感到很舒服。老柳送来二人转光碟的第二天，尹五羊给我带来一把古琴，他把古琴小心翼翼地摆上茶几：远桥，看看这是什么？我说我认识，这是一把古琴。五羊道：听说你想学音乐，我建议你学弹古琴吧。

尹五羊带来的是把好古琴，褐色的琴体上已经有了包浆，一看就是个有年份的古董。我说我对乐器一窍不通，怎么弹？尹五羊道：不会就学嘛，谁天生会弹琴？我已经给你找了个老师，只要你有空，她就来教你，不出两个月，包你会弹《高山流水》。尹五羊信心满满，好像他已经学会了古琴。我故意问：你学会了？尹五羊的脸腾地红了，摆摆手说：我不想学，你知道我抵触这东西，再说我一个烧菜的厨子，只配奏锅碗瓢盆交响曲。

五羊一直坚持自己上灶烧菜，他上灶时会有许多人观摩，其实已经是一种现场教学了。五羊参加了中央电视台烹饪大赛，连获两届冠军，拥趸的粉丝成千上万。与五羊相比，我除了做官当干部，还真没个像样的爱好，几十年来活得很单调。在大学里，曾跟朱成碧学越剧和篆刻，也只是学了点皮毛，朱成碧去了日本后，越剧和篆刻的爱好也随她一同漂洋过海了。当了市领导后，本想学学书法，但心总是静不下来，买了宣纸和湖笔搁在书柜之上，落满了厚厚的灰尘。现在，尹五羊带来了一把古琴，可谓窗开一扇，让我看到了另一道风景。

我问：你为什么不给我一把小提琴而是给我一把古琴？古琴比小提琴好学？

尹五羊自己倒了杯水，坐下来，摆开了龙门阵：

古琴嘛，是中国传统的乐器，伯牙子期遇知音的故事，道具就是古琴，诸葛亮城头抚琴让司马懿退兵的也是古琴，而小提琴是舶来品，西洋乐器，不像古琴有中国气派。你想你穿一件唐装，在古琴前那么一坐，琴声行云流水，动作潇洒漂亮，多有范儿！再说了，古琴有讲究，琴身下体扁平，上体呈弧形凸起，分别象征着天圆地方的理念；琴长三尺六寸五，与一年三百六十五天相对应，而五条琴弦内和五行，外和宫商角徵羽，根根不同凡响。后来文王被囚羑里，思念儿子，便加了一根，称为文线；武王伐纣又加了一根，称为武线，合成古琴文武七琴弦，这些都是大学问，其他乐器怎么能比？

尹五羊一口气讲了这么多，我颇感新鲜，看来他是下了功夫研究了一番古琴，而他研究的目的无非是说服我学琴。

你让我感动五羊，我发现我越来越离不开你了。

我说的是实话，五羊一直在影响着我的工作和生活，我们的血液似乎相通，我的心在哪儿，他就寸步不离跟到哪儿。我为自己有这样一个知己而庆幸。

尹五羊道：有什么酒配什么菜，到什么山唱什么歌，我给你买琴并不是让你成为音乐家，而是让你适应一种蛰伏的姿态，因为你需要一种姿态，一种让别人放心的姿态。

我笑了：日薄西山就不要再做如日中天的梦，随遇而安吧。我理解尹五羊此话的含义，必须让他面对现实，现在的我已经实现不了他过高的期待，我毕竟是个小人物，成不了商汤也当不了齐桓公。

琴心剑胆。尹五羊说，对你我从不失望。

我感到一股酸楚涌到胸口，有时候，期盼和热望并不能激励你，只会让你伤感，让你产生一种辜负信任的伤感。

　　明天开始学古琴，不仅自己学，人大机关的干部都可自愿报名学。我说，我要让人大机关充满悠扬的琴声。我叫来老柳和王义，让他俩安排每周五下午原定的工会活动时间用来学古琴。尹五羊说老师他负责请，他还给人大机关赞助五十把古琴。老柳特兴奋，说只是建议主任听听曲子，谁知主任一高兴自己要弹曲子了，这进步也忒快了！我说人大机关明年的新年晚会，要组织一个古琴演奏团，好好表演一次，把县区人大的领导也请来，让他们开开眼。

　　我的这一决定得到了人大机关干部的广泛拥护，报名学琴的十分踊跃，教琴的小白老师来自市少年宫，她对人大干部学琴的积极性很惊讶，说自己一直教孩子弹琴，教这么多叔叔阿姨还是第一次。

　　学琴，一扫人大机关的沉闷，原本死气沉沉的机关大楼开始变得琴声悠扬、惠风和畅，人们言必称古琴，几个学琴进步快的中年女士，在班车上挺胸仰面，衣着、发型都开始讲究起来。更让我惊奇的是，手指水萝卜一般粗的老柳也学会了弹琴，而且能断断续续弹下一支雅到了极致的曲子——《平沙落雁》。受老柳的启发，我专攻一支曲子，经小白老师指点，我在十几支乐曲中选择了《寒鸦戏水》。小白年纪轻轻，教授古琴却像教孩子一样有耐心，要求也严，我动作神态上的溜号没少受她的批评，根本没把我这个人大常委会主任放在眼里。一次，我精神不集中，在盘算古琴可不可以弹朱成碧唱的《西施断缆》，小白老师突然挑了一下琴弦，把我拉了回来。还有一次学琴，我耳鸣的状况出现，随着耳朵里潮声起伏，我出现了一种幻觉，幻觉中我发现另一个我在潮水里挣扎，我伸手相援，但两只手近在咫尺却无法牵到，如果不是小白猛然挑了一下琴弦把我拉回来，我不知还要在海水里泡多久。小白老师的严厉很出成果，几个月下来，我已经能很流利地弹奏《寒鸦戏水》了。在弹奏古琴中，我对右手的基本指法产生了无尽的联想，古琴弹奏右手指法主要有八种：抹、挑、勾、剔、打、摘、托、劈。这八种基本指法就像八卦，可以变化出六十四种复合指法，可谓奥妙无穷。我试着把这八种指法与工作实际相联系，竟然得出了十分惊人的结论，八种指法不就是工作中的提出问题、解剖问题、树立典型、解决问题吗？至于左手的指法，细吟、飞吟、荡揉、往来揉等，则是一种弥合，如同工作中的怀柔，左右手相配合，一首声情并茂的曲子自然而成。弹琴与工作同道同理，难怪老人家把工作中瞎指挥叫"乱弹琴"。

人大机关学习古琴的事传到东院，老黄在常委会上专门表扬了人大，说机关要有机关文化，学古琴陶冶情操，凝聚人心，值得提倡。但老黄的提倡并没有其他机关响应，这种事情需要领导做表率，另外几个班子的头头心思不在音乐上，自然也就不会摆弄这出土文物一样的古琴。

　　千呼万唤不到人大机关来调研的老黄，在人大机关流行起学习古琴之后来了。老黄这次来，更像是微服私访，他只带了秘书，车到了楼下，才打电话通知王义。王义紧张地来我办公室报信，还没出门，老黄已经进来了。我不知老黄如此造访目的何在，这种突然袭击在官场是很忌讳的举动，城府深似海的老黄不会不懂这个道理。老黄解释说他本来想到一家企业去看看，恰好路过人大门口，看你的车停在门前，知道你在家，就进来看看。我说办公厅早就安排你来调研，人大机关的同志都翘首以待呢。老黄摆摆手道：今天不谈工作，调研的事情会专门安排，今天我来看看你的古琴，学学你的雅兴。

　　如果说老黄对古琴感兴趣，莫不如说他对我这个人大常委会主任更感兴趣。上次，人大常委会没有通过李正的任命，老黄表面上没有责怪谁，但几次在常委会上讲要统一思想，要讲政治，常委们心知肚明老黄讲这话的用意。每逢这样的情形，常委们个个都低头看材料，没有人插话，老黄看看我，他希望我讲几句，我便表态人大常委会将尽一切努力让组织的意图和代表的意志相统一，行使好依法监督、人事任免和重大事项决定的权利。在总结时，老黄往往会引用我的话，再次强调组织原则。组织部苏部长私下曾问我李正任命没通过问题出在哪里？我回答说：沟通。

老黄看到我办公室的一侧摆着那架古琴，就走过去端详了一番，还拨动了几下琴弦。道：琴箱是桐木的，老料，琴头有了包浆，是价值不菲的古董。我说：黄书记说对了，这琴的确是古董，是五羊集团董事长收藏的，我借来用。老黄敲敲琴箱，发出咚咚的响声，说：古韵十足，老郑是古为今用呀。

王义端来茶，离开了办公室，我和老黄坐下来，我问：黄书记说我弹琴是古为今用，此话怎讲？

老黄背靠着沙发说：老郑不会不知道春秋时期的宓子贱吧？孔子的高徒，七十二贤之一。

对宓子贱我略知一二，知道《史记》中有"宓子贱治单父，民不忍欺"的评价，是赞美宓子贱无为而治。但我不知道老黄谈起古代先贤的用意，期待着下文。

宓子贱是个聪明人，孔子推荐他到单父县做县长，到任后，他身不下堂，整日弹琴自娱，治单三年，单父物阜民丰，夜不闭户，路不拾遗，风淳俗美。这就是历史上有名的"鸣琴而治"。老黄对这段历史有过研究，讲起来连标点符号都不会错。

孔子还有个学生叫巫马施，继任宓子贱去单父当县长。巫马施与宓子贱工作方法不同，他宵衣旰食，事必躬亲，设"听讼台"以体察民情，每天披星戴月地工作，结果也是政通人和，单父大治。老黄在说巫马施时，语调高亢，目放异彩，看出他更钟情于后者。

老郑如果你是宓子贱，我算是巫马施了。老黄这样说。

我哈哈笑了起来，心想，老黄对我弹古琴一事下了好一番功夫来研究，其实，就是偶然产生的一个爱好，没那么多缘由。我说：黄书记，我哪里能和您比？您是市委书记，一班之长，我只是个班子成员，我俩不能相提并论。再说，我学古琴只是兴趣而已，与治理蓝城毫无关系，您当市委书记就该在其位谋其政，像巫马施那样勤政才对。

老黄点点头，说：宓子贱的德治是无为而治，乃尧舜之境界，我老黄学不来，巫马施的敬业勤政比较现实，我只能以此为楷模邯郸学步。我俩一逸一劳，一高一下，我是相形见绌了。

事后，我猜想老黄到人大来讲一番宓子贱的故事用意何在呢？他无非是想告诉我他看出了我弹琴的用意而已，老黄呀老黄，你真的多虑了。

抚琴友自多。自从我迷上古琴，便像磁石一样把蓝城中层干部们吸引到了人大机关。我的办公室总是宾客盈门，大家品茶、听琴、谈天说地，好不乐乎。为了避嫌，我定下一条铁规，在我这里只谈琴茶，不论时政，想必这一点耳聪目明的老黄不会不知，也正因为我的约法三章，蓝城政坛如同无风的河面，平静舒缓地流淌，老黄对我这里的古琴沙龙睁一只眼闭一只眼，也懒得再来理会。

市长何阳很欣赏干部这种高雅的喜好，在政府会议上说：我们的干部应该向老市长学习，有点高雅的品位和追求，把打麻将、喝酒、洗桑拿的时间用在学习音乐上，这样对国对家对自己都有好处。话传到我这里，我提醒他说，我一个闲人学学琴可以，你的局长们可不能这样，会占用精力的。何阳说：他们个个精力过剩，即使不学琴过剩的精力也不会用在工作上，还不如给他们找个消耗过剩精力的好渠道，省得耽于奢靡享受。何阳的话令我沉吟许久，此人看问题走捷径，可谓一语道破时弊。

我和何阳就人大监督政府的问题有过一次交流。那是一次马拉松式的市委常委会，老黄主持研究一个专门会议的报告，我到候会室吸烟。吸烟，是瘾君子们躲会的合法理由，人们已经司空见惯，那些不吸烟的人则无法在会议期间出出进进，否则容易被怀疑前列腺有问题，常委会议室旁边的候会室，就成了吞云吐雾的第二会场。一会儿，何阳也跟了进来，何阳递给我一支烟，说是新品种，让我尝尝。此烟是白纸包装，不是商品烟，但抽起来口感极好。何阳说要是抽得来就给我弄点。我说好呀，这种烟抽起来不招风，连个商标都没有。

何阳身上长处不少，他有些长处恰恰是我的短板。何阳非常注重人际关系，上级、平级、下级，何阳都处理得恰到好处，干部们对何阳的好评，时时会吹到我的耳朵里。一般来说，年轻干部当上主要领导后容易自我膨胀，像浑身长刺的河豚，碰不得近不得，但何阳不是，何阳用他的江湖气做了很得体的外包装，与每一个接触的人都似乎很近、很铁，与他相处，会让你感觉到你和他是老朋友、好朋友，他会用不经意的一句话、一杯酒来感动你，尽管你事后会明白这一切不过是形式，但心中对他的好印象已经落地生根。

抽过烟，我俩并没有回会议室的意思，而是闲聊起政府近期几家企业的改制问题，我在任时保留的几家企业，正在紧锣密鼓进行改制，老黄在常委会上专门听了一次汇报，让市委督查室加大督查力度，一定要在下半年完成改制。何阳表态积极，操作却四平八稳，做事有板有眼，但老黄是书记，书记的话不能当耳旁风，改制的事还在推进。

何阳说：老市长，多给我出出主意，可以组织人大常委视察视察政府项目，帮我减减压。我说我知道什么是帮忙、什么是添乱，少干预就是减压。何阳又点燃一支烟，连吸了几口，然后长吐一道白龙，道：能和您老兄配合真是福分。我说：你就放开手脚引吭高歌，我有古琴给你伴奏配乐。

何阳突然问：老市长您说回马枪是不是兵法里的？

我被问得莫名其妙，摇摇头道：我还真说不好。

让人颇感意外的是，一年多远离权力中心的我在第二年蓝城市委换届时被省委任命为市委书记兼人大常委会主任。老黄因年龄问题，调回省城工作，享受副省级待遇。

当戴老代表省委来蓝城宣布这一决定时，我脑子有些乱，有一种乾坤颠倒的感觉。我觉得运气这个东西真是不可捉摸，想它的时候，它像一条鲇鱼，刺溜一下就滑过了；不想它的时候，它却会兔子般冷不丁撞入你的怀里，让你措手不及。

全市领导干部大会，何阳主持，精神矍铄的戴老代表省委宣布任命决定，然后老黄讲话，我作表态发言。老黄的讲话我一句没听进去，我耳朵里又有潮声涌来，眼前幻觉呈现，我仿佛进入了一艘硕大无朋的蒸汽轮船，机器齿轮间的摩擦发出刺耳的声响，我找不到制动开关，五颜六色的电线缠绕在一起，捋不出头绪。何阳宣布由我讲话时，耳中潮声戛然而止，眼前黑压压的人头变得五官清晰。我开始照本宣科念秘书起草的讲话稿，讲到最后，我脱稿讲了一段，我讲到了古琴，我把古琴的七根弦比喻成忠恕仁义礼智信，比喻成官企工农兵学商，还比喻成宫商角徵羽文武，总之，我用古琴之理喻为官之道，大秀了一把古琴的学问。台下的人都抻着脖子听，会场秩序好得离奇。最后，我说作为市委书记，我要把五大班子加检法两院这七根琴弦弹得和谐、弹得流畅、弹得动听，绝不会胡弹、乱弹、瞎弹！我的讲话博得满堂掌声。讲话后，我深吸一口气，观察着台下与会的干部们，无意间，我看到了角落里的李正。依李正的资历他应该坐前排的，怎么会坐到后排去呢？李正似乎是在手机上发短信，低着头，不时扶一下眼镜，茂密的头发有点乱。李正的职务是市委宣传部副部长兼精神文明办公室主任，是正职。

上任后的一个周末，尹五羊来电话，说要从北京赶过来请我吃饭，算是为我祝贺一下。尹五羊说他还要带两个人。我开玩笑说，你带十个人我也不管，反正你请客，腊头驿是你的地盘。接任老黄当了市委书记后，我的工作就忙起来，尹五羊又像我任市长时那样，很少到我办公室来，我知道他担心打扰我，有时便主动打个电话给他，我辞掉了所有祝贺当书记的酒，唯独不能拒绝尹五羊。我握着电话的手不愿意放下，我说五羊呀，记得你说过你还有一个当导演的梦想，现在还想当吗？不久前我刚刚认识了国内一个顶级的电影导演，你想不想跟他学？电话那边停顿了一下，说：还用跟谁学呀，你们干部个个都是好导演。我问：此话怎讲？五羊说：你们天天不是在演戏？做什么事情都是排练好的，哪怕一个小小的街道主任，做件事也要一遍遍排练，我跟你们学就成。

放下电话，我琢磨着尹五羊的话，心想尹五羊终于在官员面前认了一回输，虽然他导了不少戏，而且悬念还不少。

腊头驿一切如旧，只是正厅中堂多了一幅字，写的是：

万事随评品

诸鳞属并兼

惟应西子乳

臣妾百无盐

我好奇地走近一看，诗是明代大文豪徐渭的，再细看，老天爷！这幅字竟是戴老所书！戴老书法造诣极深，但从不给人题字，想求他墨宝的人如过江之鲫，均不能如愿，五羊神通果然了得。

我按时走进腊头驿那间熟悉的包房，却见到了略微发胖的七喜，我怔住了，一身米色连衣裙的七喜笑吟吟地看着我，这是七喜离开蓝城后我们第一次见面。

尹五羊呢？回顾四周，不见尹五羊的身影。

七喜说：尹总正忙，特意委托我们两人来陪您。

你们两人？那一位是谁？

是我，远桥。一个久违的声音从身后传过来，老同学，一向可好？

我转过身，似乎看见了另一个七喜，但这一个七喜，栗色的长发丝一般柔滑，皮肤瓷一样白皙，一副浅茶色的眼镜把眼窝衬得深邃莫测，一身白色的紧身套裙把身体线条勾勒得完美无瑕。

朱成碧！我惊呼一声，顿时有种缺氧的感觉。

你怎么像是天上掉下来的？我很快恢复常态，向朱成碧伸出右手。

朱成碧的观音手柔软如绵，这是我曾经摩挲过多次的一双手，手背上有五个浅浅的酒窝。

七喜道：想给您个惊喜，就没先打招呼。

老同学一点不见老，还是年轻时那么帅。

朱成碧的声音依然软软的，像午夜电台的主持人。我很惊讶，快三十年了，朱成碧的声音竟然没有变化，人生韶华易逝，唯有声音不老。

这些年，你在日本还好吗？

谈不上好与坏，只是适应了一种生活状态和姿态。朱成碧说。

朱成碧这句生活姿态的话我感到很熟悉，似乎听谁说过，又一时想不起来。

倒是你，官运亨通，步步高升啊。朱成碧微笑着说。

我摇摇头：很惭愧，没什么建树，像我这样的官员，北京的大街上一抓一大把。

我们坐下来。我问：你这次回国，是探亲还是长住？

七喜插话说：成碧姐现在是董事长夫人，从福冈回来探亲。

哪个董事长？难道是尹五羊？你是五羊的夫人？什么时候结婚的？五羊怎么从来没提过？我的大脑继续缺氧，一连串的问题抛向朱成碧。

对不起，远桥，五羊离婚后第三年我们就结婚了，我在日本管理五羊的公司，五羊一直不让告诉你，他是觉得对不住你，常常自责说自己是爱情的盗墓者。但这样的事情总不能一辈子瞒下去，你这次荣升，五羊心里一块石头落地，便决定把实情告诉你。

我的耳鸣在这个时候出现了，汹涌的潮声搅乱了脑海，我闭上眼睛，不知过了多久，我感到七喜起身出去了，脚步很轻，似乎怕惊醒我。

大学四年，每个学期尹五羊都来学校看我，每次来学校尹五羊都蜕皮一般发生些变化，以至于我的室友都熟悉了我这个当厨子的中学同学。尹五羊每次来都会带一大堆好吃的，他来我们618寝室之时，就是我们六个室友改善伙食之日，当然，还有历史系的朱成碧。五羊来看我从不到教学楼，他说大学寝室有人情味，像部队的营房，到寝室有一种到家的感觉。

大三第二学期，尹五羊来了，大包小裹带了不少东西，有扒鸡、真空包装的香肠、猪肚和熏鱼，还有一个更大的包，他说这是给朱成碧带的，是零食。尹五羊每次来都给朱成碧带小吃，这事从不瞒我，但这次连包装都不开，我便觉得好奇。我和五羊去女生宿舍找朱成碧，见到朱成碧我说，五羊给你买的好吃的，我想打开五羊不让。朱成碧很兴奋，当着我俩的面打开包装，里面是十盒烤鱼片。烤鱼片在当时是稀罕小吃，每盒有三十小袋，每小袋里大概有半两烤鱼片，吃到嘴里也就一两口，但咀嚼起来味道非常好。朱成碧撕开一袋，贪婪地吃了起来，不停地说：真好吃！真好吃！尹五羊说：我到烟台开了一家河豚馆，那里有家合资烤鱼片厂，想到你会喜欢吃就买了来送你。怎么买这么多？朱成碧撕开一袋递给我。尹五羊说，我记得你是属老鼠的，老鼠都喜欢储藏吃的，我就多买了些。我觉得尹五羊这么说好没道理：我属猪，你尹五羊怎么对付？

　　尹五羊最后一次来学校是大四下学期开学不久。他找了一家很讲究的饭店招待我和朱成碧。席间，我和五羊都喝了不少葡萄酒，滴酒未沾的朱成碧讲了两个故事，让我和尹五羊谈感受。

　　朱成碧讲的第一个故事发生在雅鲁藏布江大山深处，那里有个人数极少的少数民族村落，因为交通闭塞、生活艰辛，每年春天，寨里的男人都要出山打工赚钱，出发时，女主人会含情脉脉地给男人敬上一碗酒，并告诉男人这酒里有毒，三年之内别忘了回来吃解药，否则会客死山外。这是一个古老的习俗，在寨子女人中久久流传。寨子里没有一个男人临别时会拒绝这碗酒，他们会用一种视死如归的气概把酒一饮而尽，然后踏上九死一生的出山之路。或许是毒酒的约定在起作用，多少年来，寨子里出山的男人都会按期回来，不管山外如何花红酒绿，不管家中的婆娘如何人老珠黄，这个寨子里没出一个负心汉。

讲完这个故事后，朱成碧问我和尹五羊，要是换了你俩，怎么对待这碗酒？尹五羊说：如果是你朱成碧让喝，没二话，再毒的酒也喝！我却认为尹五羊这是大话，什么事情都不能冲动，冲动是魔鬼。我说要是换了我，我要问清这酒中的毒会在哪一年发作，是第二年末，还是第三年初，要有个提前量，再说，出山后情况不是自己可控的，一旦有事三年内回不来怎么办？

朱成碧若有所思地说：其实，酒里也许没有毒，只是他们之间的一个约定而已。

朱成碧讲的第二个的故事是一件真事。有个叫田嫂的女人家里养了一条花蛇，蛇不大，花纹极醒目，平时就在卫生间的浴盆下蜷着，从不惹事吓人。田嫂没有工作，比老公大三岁，田嫂老公叫田奎，是一家外贸公司的经理，常年在外跑业务，多年下来，产业滚雪球一样膨胀起来。田奎做生意胆子大，却十分怕蛇，见到蛇就腿肚子转筋迈不开步。开始，田奎对太太在家里养条花蛇并不知情，一日回家，见客厅里盘着一条蛇，顿时魂飞魄散，哆哆嗦嗦移不动脚步。田嫂过来，"嘘嘘"两声，花蛇缓缓地爬回卫生间里，在进入卫生间前，花蛇还回头看了田奎一眼，花蛇的眼睛很亮，冷飕飕的，田奎感到后颈的汗毛一下子竖了起来。惊魂未定的田奎责备太太为何养条毒蛇当宠物。田嫂说这不是毒蛇，这是保家仙，我每个月初一、十五摆供上香就是为了它。田奎年轻时当过兵，不信什么鬼啊仙什么的，就说，你供着它，可它保你什么了？田嫂说，你每天出门，它的躯壳在家里，可它的魂却在你身边护着你，你有今天的发达，要感激它。田奎不信，认为太太在说瞎话儿。田嫂又说，你三弟的病怎么好的你还记得吗？说到三弟，田奎似有所悟。田奎的三弟才十四岁，一次出城郊游回来得了癫痫，好好的忽然就抽风，去看医生，说是病毒性心肌炎，可怎么治就是不见效。田嫂到外面联系了一个看不出年纪的老太太，说她专看癔病。说来也怪，老太太看了孩子的病后问孩子：你是不是打死一条蛇？孩子说是，是郊游时打死一条野鸡脖子蛇。在此之前，田奎一家人谁也不知道三弟打死蛇的事，这个神奇的老太太却看出来了。老太太让田奎买了些黄酒、黄表纸之类的东西，做了个谁也看不懂的法事，把这件事彻底摆平，田奎的三弟从此再没有抽风。田嫂说起这件事，田奎无言以对。田嫂又提起一次田奎车祸的事，有一次田奎开车出门，与一辆违规掉头的货车相撞，所有看到现场的人，包括处理事故的交警都认为田奎必死无疑，因为轿车已经扭曲成一团乱麻。令人惊奇的是，从车里甩出去的田奎躺在路边的麦田里，竟然毫发无损。田奎从麦田里起身，坐在马路边发呆。听到消息的田嫂赶来，陪他坐在那里不说话，突然，田嫂用臂肘拐了拐他，向草丛里努努嘴，他向草丛望去，看到一条花蛇缓缓地爬过，他的腿一下子软了，怎么也迈不动步了，只好被人扶上车才离开现场。田嫂说的两件事改变了田奎，他每次再出门，都感到身后有一条蛇跟着，但他不再害怕，他知道跟在他身后的是田嫂说的保家仙。十几年过去，和田奎一起打拼的企业家，有的产业衰落，一蹶不振，有的赚了大钱包养情人导致妻离子散，家庭稳定、事业兴旺的只有田奎，尽管田奎家里是个比他大三岁的丑太太。

朱成碧说完这个她称为真事的故事，问：你们怎么看这条花蛇？

尹五羊抢先开口：花蛇有灵性呗，我们老家那里都说蛇、龟、狐狸和黄鼠狼通人性、能成精，伤害不起，田嫂这条花蛇，定是有灵性的蛇了，正是它保佑田奎，田奎才逢凶化吉、化险为夷。

你怎么看？朱成碧很专注地看着我。

我说：花蛇无非是田嫂的一个道具而已。她想控制田奎，就设计了这样一个道具，她达到了目的，田奎真的被她牢牢地控制了，当然，田奎是个没有花心的好人，假若田奎花心，别说养条花蛇，就是养只老虎又何妨？

朱成碧没有附和，我意识到自己的回答过于理智。

临吃完的时候，朱成碧没头没脑地说了这样一句话：男人真要爱一个女人，要么和她长相厮守，要么陪她浪迹天涯，若即若离是一种煎熬，人生苦短，有几个能煎熬得起呢？

我和尹五羊相互看了一眼，不知朱成碧所云何意。

我睁开眼睛，看到朱成碧一直在注视我，她摘掉了茶色眼镜，我发现她眼角有了细纹，但这丝毫不影响她的美丽。

五羊这是何苦呢。我说，我输了，五羊当年打赌就说他会娶你，尹五羊赢了。

其实，我和五羊的结合也很偶然，他的企业到日本发展，我们有了接触的机会。朱成碧说。

朱成碧这种偶然的说法我不同意。尹五羊一向是个计划周密的人，他到日本开饭店，指向很明确，就是为了朱成碧而去，这一点我深信不疑。但我不能对朱成碧说这些，我看到朱成碧的目光里弥漫着一种忧郁，她一定想起了往事，人到中年，有些往事会历久弥新。

七喜回来了，递给我一包纸巾。我调侃了一句：这是让我擦眼泪吗？

七喜笑了，道：一会儿成碧姐给您唱一段《西施断缆》，那可是催泪戏。

这是一顿百感交集的晚宴，所有的话都欲言又止，三个人的交流变得词不达意。

七喜生活得很好，因为有了身孕，她现在滴酒不沾。七喜用果汁敬酒，说：祝贺您。我笑笑，道：也祝贺你，在北京这么幸福。

还记得我说要报答您吗？现在，这个愿我还了。七喜微笑着说，她的笑容依旧灿烂迷人。

我有些糊涂，停住靠近唇边的酒杯，疑惑地看着七喜。

是这样的。朱成碧接过话说，大家知道你不争不抢，整日抚琴自娱，可书记的乌纱帽还是落在了你的头上，是不是很蹊跷？

我端着杯问：怎么回事？

朱成碧说：七喜和她老公可是没有抚琴自娱啊。

我明白，七喜的爱人在京城是个位高权重的角色，有不可小觑的影响力。

七喜接过话说：其实，都怪那次饭局，这一直是我的一块心病。

我越发糊涂了，放下杯，问七喜到底是怎么回事。

七喜说：上次政府换届前，戴老来蓝城你还记得吧？你请他到这里吃饭，那顿饭戴老吃西施乳中毒了，回去病了好长时间。

我张大了嘴，我哪里知道戴老吃西施乳吃出了问题。可是，好端端的西施乳为什么单单吃坏了戴老呢？

你还记得那个叫小青的经理吧？她崇拜你、暗恋你，但你却不理她，你让我回腊头驿安排接待戴老是一个错误，伤了小青的心，她买了一条雌雄共体的腊头，厨子没有经验，照惯例加工，结果把戴老放倒了。

怪不得那个叫小青的经理不见了，原来出了这么大的事，这个小青见到我的样子总是怪怪的，那张狐媚脸透出的满是心计，真是一个傻孩子，做这等事情是要负法律责任的，尹五羊瞒下这件事，等于挽救了她的人生。

七喜说：雌雄共体的河豚极少见，一般的厨子根本分辨不出。

戴老肯定怪罪于我了。我喃喃地说。

戴老是何等人物呀！七喜说，戴老说了，去年换届你当人大常委会主任本来就是一个过渡，将来市人大常委会主任和市委书记原则上要一人兼。

朱成碧从坤包里拿出一个长方形的小锦盒，双手递给我，微微笑着说：做个纪念吧。

我打开锦盒，发现里面是两块熟悉的鸡血石，一块是在我、尹五羊和项部长之间经过三次手的大红袍，另一块是周总在扬州买的昌化料。尹五羊把两块鸡血石都交给了朱成碧，由朱成碧篆刻了两枚闲章。我把鸡血石拿在手里，一丝凉意透过指尖传到心里。两枚闲章一枚是小篆：西施乳。另一枚是隶书：雉羹之道。

我心里似乎开了一扇窗，同时也关上了一扇门。忽然又嗅到了那股神秘的味道，我知道，让我荣辱交汇的那道菜又上来了。但我万万没有想到，端着西施乳上来的，竟是一身厨师装扮的尹五羊！

2013 年 12 月于温哥华